ZOMBI

Née en 1938, Joyce Carol Oates a publié son premier roman en 1963. Son père travaillait pour la General Motors et c'est à Detroit au début des années 1960 qu'elle découvre la violence des conflits sociaux et raciaux. Devenue professeur de littérature à l'université de Princeton, elle poursuit la plus prolifique des carrières littéraires (une trentaine de romans, des essais, des nouvelles, des pièces de théâtre, de la poésie). Les éditions Stock ont notamment publié les très remarqués *Blonde*, *Eux*, *Confessions d'un gang de filles*, *Bellefleur* et *La légende de Bloodsmoor*.

Paru dans le Livre de Poche :

BELLEFLEUR
BLONDE
CONFESSIONS D'UN GANG DE FILLES
LA FILLE TATOUÉE
HAUTE ENFANCE
INFIDÈLE
JE VOUS EMMÈNE
JOHNNY BLUES
LA LÉGENDE DE BLOODSMOOR
MARYA, UNE VIE
MON CŒUR MIS À NU
LES MYSTÈRES DE WINTERTHURN
NOUS ÉTIONS LES MULVANEY

JOYCE CAROL OATES

Zombi

ROMAN TRADUIT DE L'ANGLAIS (ÉTATS-UNIS)
PAR CLAUDE SEBAN

STOCK

Titre original :

ZOMBIE

© Ontario Review Press by arrangement with John Hawkins
& Associates, Inc. New York, 1995.
© Éditions Stock, 1997, 2011, pour la traduction française.
ISBN : 978-2-253-09969-7 – 1re publication LGF

Condamné avec sursis

1

Je m'appelle Q... P... & j'ai trente & un ans, trois mois.

Taille : 1,78 mètre, poids : 67 kilos.

Yeux marron, cheveux bruns. Corpulence moyenne. Quelques taches de rousseur sur les bras, le dos. Astigmate des deux yeux, port de verres correcteurs obligatoire pour conduire.

Signes particuliers : néant.

Sauf peut-être ces petites cicatrices en forme d'asticot sur les deux genoux. Un accident de vélo, il paraît, quand j'étais petit. Je ne dis pas non mais je ne me souviens pas.

Je ne dis jamais non. Je suis d'accord avec vous quand vous prononcez vos paroles sages. En remuant votre trou du cul de bouche & je dis OUI MONSIEUR je dis NON MADAME. Le regard timide. Derrière mes lunettes à monture en plastique qui ont la couleur de la peau vue à travers le plastique.

Une peau blanche, précisons. Des deux côtés de ma famille & depuis toujours autant que je sache.

Mon QI au dernier test : 112. À un test précédent : 107. Au collège : 121.

Né à Mont-Vernon, Michigan. Le 11 février 1963. École publique de Dale Springs. Baccalauréat à Dale Springs, en 1981. Q... P... a été classé quarante-quatrième sur cent dix-huit. N'a obtenu de bourse pour aucune université. Ne jouait dans aucune équipe sportive, ne participait à aucun journal scolaire, annuaire, etc. Meilleures notes en maths sauf en terminale où j'ai déconné.

Je vois mon contrôleur judiciaire M. T... un mardi sur deux à 10 heures, à Mont-Vernon. Mon thérapeute le docteur E... le lundi à 16 heures, au centre médical universitaire. La thérapie de groupe avec le docteur B..., c'est le mardi à 19 heures.

Ça ne marche pas très bien, je pense. Ou juste moyen. Je sais qu'ils écrivent des rapports. Mais je n'ai pas le droit de voir. Si l'un d'eux était une femme, ça marcherait mieux, à mon avis. Elles vous croient, elles ne sont pas toujours en train de vous observer. LES CONTACTS VISUELS ONT ÉTÉ MA PERTE.

M. T... pose des questions comme une bande qui se dévide. OUI MONSIEUR je lui réponds NON MONSIEUR. J'ai un travail. Régulier maintenant. Le docteur E..., c'est celui qui prescrit les médicaments. Qui me pose des questions pour me faire parler. Ma langue prend toute la place dans ma bouche. Le docteur B... lance une question comme il dit pour faire parler les types du groupe. Ce sont des pros du baratin. Je les admire. Je reste assis dans mes habits à fixer mes chaussures. Mon corps entier est une langue ankylosée.

Je vais partout dans ma fourgonnette. C'est un modèle de 1987, couleur sable mouillé. Plus tout neuf mais fiable. Il passe dans votre champ de vision comme à travers un mur épais, invisible. Avec une décalcomanie de drapeau américain aussi grande qu'un vrai sur la vitre arrière.

Sur mon pare-chocs il y a un autocollant JE FREINE POUR LES ANIMAUX. J'ai pensé que c'était une bonne idée d'avoir un autocollant.

2

Le temps est-il au-dehors de moi. C'est ce que j'ai commencé à me demander au collège, quand les choses se sont mises à aller vite. Ou est-ce qu'il est au-dedans.

S'il est AU-DEHORS, il faut suivre l'allure de ces putains d'horloges & de calendriers. Pas question de se relâcher. S'il est AU-DEDANS, on fait ce qu'on veut. Tout ce qu'on veut. On crée son propre Temps. En arrachant les aiguilles d'une pendule par exemple comme j'ai fait un jour & du coup il n'y a plus que le cadran en face qui vous regarde.

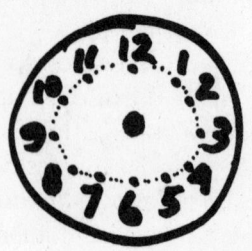

3

Je suis étudiant à temps partiel à l'IUT du comté de Dale, où je suis inscrit à deux cours pour le semestre de printemps. INTRODUCTION À L'INGÉNIERIE & INTRODUCTION À LA PROGRAMMATION DES CALCULATEURS NUMÉRIQUES.

Il a été décidé que Q... P... pourrait devenir INGÉNIEUR. Il y a de nombreuses sortes d'INGÉNIEURS. INGÉNIEUR chimiste, INGÉNIEUR des travaux publics, INGÉNIEUR électricien, INGÉNIEUR mécanicien & de l'aérospatiale. La brochure de l'IUT indique le cursus obligatoire pour chaque spécialisation. Papa a calculé en combien d'années Q... P... pourrait obtenir un diplôme.

Dans le centre de détention provisoire où on m'avait enfermé en attendant que Papa verse ma caution, il a été observé que je faisais des opérations rapides au crayon. Dans les marges des vieilles revues qui traînaient. Bizarre : ma main écrivant comme de sa propre volonté, comme en cinquième, les équations d'algèbre. Les problèmes de géométrie sauf que je n'avais pas de compas ni de règle mais dessinais quand même les figures. De longues colonnes de chiffres comme des fourmis juste pour le plaisir de les additionner, je crois. Je ne sais pas pourquoi. Ça a duré longtemps. Des heures. Je transpirais sur les pages des revues en regardant bouger la pointe du crayon. Même quand la pointe s'est émoussée & que les inscriptions étaient invisibles. Même quand le garde me parlait & que je n'entendais pas.

Ils m'avaient isolé comme ils disent. 91 % des détenus du centre sont noirs ou hispanos, les Blancs sont mis dans des cellules séparées. J'étais avec deux autres Blancs coffrés pour des histoires de drogue. J'étais accusé de DÉLIT RACIAL. Mais ce n'était pas RACIAL. Je ne sais pas ce que ça veut dire RACIAL.

Je ne suis pas RACISTE. Pas la queue d'une idée de ce qu'est un RACISTE.

En sueur & la main qui tenait le crayon écrivait mais je ne parlais pas. & pas de CONTACT VISUEL. Il a été observé que pendant cette période d'incarcération, Q... P... n'a pas parlé & n'a établi aucun CONTACT VISUEL avec qui que ce soit.

C'est par là que ces salauds s'insinuent dans votre âme.

Comment Papa a su pour ces calculs mathématiques, je ne sais pas. Peut-être qu'ils l'ont autorisé à m'observer à travers une glace sans tain. Sur un écran de surveillance. & ils ont dû ramasser les revues & les lui donner pour examen. Il est le professeur P...

& ils l'appellent comme ça. Il a dit que l'idée lui était venue à ce moment-là. De m'avancer les frais de scolarité à l'IUT où j'apprendrais à être un INGÉ-NIEUR. Nous oublierions tous l'université d'État de Mont-Vernon, où ça n'avait pas marché. Il y avait des années de cela.

Encore avant quand j'avais dix-huit ans il y avait eu l'université du Michigan Est à Ypsilanti. Nous avions tous oublié ça depuis longtemps.

Quentin a un amour inné des chiffres a dit Papa à Maman. Devant moi. La voix chargée comme s'il essayait de ne pas se débarrasser la gorge de quelque chose d'épais. *Un don pour les chiffres. Qu'il tient de moi. J'aurais dû m'en rendre compte.*

VOILÀ POURQUOI je suis étudiant à temps partiel à l'IUT du comté de Dale. & je travaille dur. L'institut est à sept cents kilomètres de mon domicile actuel, mais ça ne me dérange pas, c'est ce que j'ai dit à mon contrôleur judiciaire M. T..., j'ai ma fourgonnette & je vais partout avec. Sept cents kilomètres ne représentent rien pour moi, mais ça, je ne l'ai pas dit à M. T...

4

Depuis lundi dernier, je réside 118, North Church Street à Mont-Vernon. University Heights, c'est le nom du quartier. Tout près du grand campus de l'université d'État où le professeur P... enseigne. (Mais Maman & Papa habitent dans la banlieue de Dale Springs, de l'autre côté de la ville.)

Au 118, North Church, je suis GARDIEN de cette maison où vivaient autrefois mes grands-parents. Aucun des locataires n'est au courant j'en suis sûr & ce n'est pas moi qui leur dirai.

La propriété appartient toujours à ma grand-mère P... qui réside maintenant à Dale Springs. Mais elle est entretenue par mon père R... P... qui en a fait un immeuble de rapport de neuf appartements locatifs avec l'approbation de la commission de zonage.

En témoignage de notre confiance, Quentin. A dit Papa.

Oh mais Quentin fera du bon travail ! Nous le savons. A dit Maman.

La maison de grand-mère est une vieille demeure en brique rouge passé, de style victorien comme ils disent. Avec quelque chose de barbouillé sur la façade, comme si quelqu'un avait passé son pouce en travers. Deux étages, plus le grenier. Une ancienne annexe derrière qui sert au rangement. Une grande cuisine dont les locataires ont la « jouissance », comme on dit. Une cave profonde INTERDITE aux locataires. Des fondations en pierre très solides. En débroussaillant devant la maison, j'ai découvert dans l'angle droit la date 1892 gravée dans la pierre.

Des étudiants louent les chambres. L'habitation est réservée à cet usage depuis 1978, a dit Papa. Si j'étais au courant ou non, je ne sais pas.

En tant que GARDIEN de la maison, je vis au rez-de-chaussée dans la pièce du fond destinée au GARDIEN. C'est une chambre équipée d'une salle de bains avec douche & toilettes. D'autres GARDIENS ont travaillé pour Papa mais je ne sais rien d'eux.

L'escalier qui monte aux étages & celui de la cave sont à côté de la chambre du GARDIEN, ce qui est commode. Personne ne peut les utiliser sans passer devant ma porte. Les outils & le matériel du GARDIEN, son établi, etc., sont dans la cave.

J'ai accès à tous les étages de la maison. Parce que je suis le GARDIEN. Mon père R... P... m'a confié cette responsabilité & je suis content d'avoir une chance de me racheter à ses yeux & à ceux de Maman. Mon passe-partout ouvre toutes les portes de la maison.

17

La plupart des étudiants qui louent chez nous sont des étrangers. Ils viennent d'Inde, de Chine, du Pakistan, d'Afrique. Ils ont souvent du mal avec leur porte au début, alors ils me demandent de l'aide. Ils m'appellent *M. P...* & je suis toujours prêt à rendre service même si je ne parle pas beaucoup. & n'établis JAMAIS DE CONTACT VISUEL.

Ils disent *merci monsieur P...* Ou *merci, monsieur*.

La peau sombre & des yeux brillants-foncés & des cheveux noirs qui ont l'air huilés. Une odeur de prunes mûres. Ils sont timides & plus polis que les étudiants américains & ils paient leur loyer à l'heure & ne remarquent pas des détails que des étudiants américains remarqueraient & ne salissent pas leur chambre comme eux, raison pour laquelle Papa dit que ce sont des locataires en or. Calmes le soir. Étudient assis à leur bureau. Comme ils sont tous inscrits dans un restaurant universitaire pour leurs repas, ils utilisent très peu la cuisine, c'est moi surtout qui l'utilise mais je ne mange pas là je mange dans ma chambre devant la télé. Quand je ne sors pas.

Toutes les maisons de North Church Street sont de grandes maisons victoriennes en brique ou à charpente en bois. Sur de grands terrains. À l'époque de grand-mère & de grand-père quand Papa était petit & habitait ici il n'y avait qu'une famille par maison bien sûr. C'était un quartier chic. University Heights. Grand-mère dit que c'est après la Seconde Guerre mondiale que ça a commencé à changer. Dans tout Mont-Vernon. Maintenant les propriétés de North

Church Street sont des maisons de rapport comme la nôtre ou des bureaux ou des annexes de l'université comme à côté où il y a les LANGUES D'ASIE ORIENTALE. Au coin de North Church & de la Septième Avenue trois rues plus loin là où se trouvait l'ancienne maison du président de l'université tout a été rasé pour construire une tour de parking. *Vraiment hideux !* dit grand-mère. Plus haut il y a un nouveau Burger King que grand-mère n'a pas encore vu où je vais quelquefois m'acheter des hamburgers & des frites que je rapporte dans ma chambre pour les manger quand je regarde la télé ou que je travaille mes cours.

C'est une petite carte blanche punaisée à côté de ma porte. Je l'ai écrite moi-même au feutre noir.

5

Lundi après-midi 16 h-16 h 50, Centre médical de Mont-Vernon. Le docteur E… demande *Raconte-moi tes rêves, Quen-tin. Tes fantasmes.* Je fixe le sol. Ou mes mains que j'ai nettoyées à la brosse. Il y a une pendule sur le bureau du docteur E… que lui voit & pas moi. Mais j'ai ma montre *celle qui était à* YEUX-RAISIN une belle montre à affichage numérique. Son cadran ébène toujours porté à l'intérieur du poignet où moi seul peux regarder les chiffres minuscules avancer vers 16 h 50 avec un clignotement bronze.

Tâchant de trouver un rêve à raconter au docteur E… À confier au docteur E… Quelque chose qui pourrait être un rêve. Comme une personne pourrait en faire. Voler ? Dans le ciel ? Nager ? Dans… le lac Michigan ? Dans une des rivières sans nom profondes & rapides du parc national de Manistee ? Si seulement le docteur E… ne me regardait pas fixement. Son pouvoir venant de ce qu'il est le docteur E… psychiatre au centre médical. (Qui dépend de l'université.) Le docteur E… est mon thérapeute privé engagé par Papa mais il envoie des rapports au tribunal du Michigan & ces rapports sont secrets. J'aimerais que ma tête ne s'alourdisse pas dans le bureau du docteur E… Elle devient comme de la pâte à crêpes, une substance très épaisse mais molle en même temps, crue & pâle.

Un jour où personne n'avait parlé depuis longtemps dans le bureau du docteur E… j'ai senti ma mâchoire se relâcher comme celle d'un mort & de la salive m'a coulé sur le menton. Affaissé sur la chaise en bois au siège dur luisant creusé pour recevoir de grosses fesses. La tête pendante & les épaules arrondies & Papa murmurant dégoûté *Pour l'amour du ciel Quentin : si tu voyais comment tu te tiens.* Un bruit agaçant comme un bourdonnement de guêpe qui était peut-être un ronflement.

Ça avait un côté embarrassant. S'endormir dans le cabinet du docteur E… Si c'était bien ce qui s'était passé. Le docteur E… qui jette un coup d'œil à sa pendule. À des papiers sur son bureau.

En pensant les pensées qu'il va taper sur son ordinateur après que Q… P… sera parti.

Si le docteur E… est un ami de Papa, impossible de le demander. J'ai des raisons de croire que oui (tous les deux sont de *grands professeurs* du corps universitaire) mais tous les deux nieraient si je posais la question. Je ne la pose jamais.

Quand j'aurai quitté son cabinet, le docteur E…

décrochera son téléphone & appellera le professeur P… dans son bureau à l'université. *Votre fils Quentin ne fait pas beaucoup de progrès je le crains. Saviez-vous qu'il ne rêve jamais. & il se tient vraiment mal.*

Cet après-midi-là il y a quelques semaines, le docteur E… a été trop poli pour remarquer que je m'étais endormi sur ma chaise devant son bureau. La faute à mes médicaments puissants peut-être. C'est ce qu'il a pu penser. Ou peut-être le docteur E… n'a-t-il rien remarqué. Car il somnole aussi quelquefois. Les paupières lourdes comme celles d'une tortue. Il pleuvait & il pissait des petits filets d'eau sur la fenêtre derrière sa tête.

Il a renouvelé mon ordonnance & me l'a tendue, à prendre selon les doses indiquées. L'assurance maladie de Papa rembourse. En disant que nous pouvions arrêter quelques minutes plus tôt cette semaine (il est 16 h 36 à ma montre) si ça ne me dérangeait pas, il avait un conseil. Ça ne me dérangeait pas.

6

La nuit dernière j'ai travaillé tard dans la cave. À réparer d'urgence une FUITE dans la vieille citerne. Je travaille dur si ce que je fais a une utilité. Je n'avais pas besoin de sommeil (n'avais pas pris mes médicaments du soir) & à 3 heures du matin je suis monté au grenier où il y a une fenêtre en forme d'étoile sur la façade. Le plafond n'est pas assez haut pour que je me tienne debout & de toute façon il fallait que je reste accroupi là à regarder le ciel où la LUNE brillait si fort que cela me faisait mal aux yeux ! Comment j'avais su au fond de la cave que la LUNE était là, je ne sais pas. Des lambeaux de nuages passaient devant la lune en amas & en toiles d'araignée comme des pensées filant trop vite pour qu'on les entende.

Si triste & sordide Quentin.

Mais maintenant nous allons repartir du bon pied n'est-ce pas fils.

On monte au grenier par un escalier étroit & raide au fond du couloir du deuxième étage. Le grenier est fermé à clé & INTERDIT aux locataires comme la cave. J'y suis allé en chaussettes sans faire de bruit pour ne pas réveiller le jeune étudiant pakistanais dont la chambre est presque directement sous l'escalier.

Ramid ne serait pas un spécimen sûr. Ni aucun de ceux qui habitent ici. Je n'y pense jamais.

Dans le grenier ça sentait fort la poussière & cette odeur aigre douceâtre des souris mortes. J'ai inspiré à fond & encore une fois & encore... les poumons remplis d'air comme des BALLONS. La preuve que je n'ai pas besoin de ces saloperies de médicaments. Est-ce que je suis malade ? D'après qui ? J'éclaire les coins du grenier avec ma torche.

Ça pourrait être la solution. Exposer un problème au grand jour. La clarté du jour.

Étais-je déjà venu ici ? Il y a longtemps un garçon était monté ici terrifié & pressé & il avait caché un objet scintillant en plastique sur une des poutres du fond dans l'ombre mais je ne sais pas si je suis censé être ce garçon ou l'autre qui saignait & étouffait. Mais je n'avais pas de lunettes à cette époque pas vrai. (N'ai commencé à porter des verres correcteurs qu'à l'âge de douze ans.) Donc ça ne pouvait pas être Q... P... Ou bien alors je mélange deux choses.

Merde au PASSÉ, ce n'est PAS MAINTENANT. Rien de ce qui n'est PAS MAINTENANT n'est réel.

Silencieux & immobile de longues minutes. Je me suis entraîné à ça. & à percer l'obscurité de mes yeux.

J'éclaire les coins du grenier avec la torche qui est celle du GARDIEN. Les ombres bondissent comme des chauves-souris. Souriant de voir que, quand la lumière bouge, une lumière qu'on tient à la main, brillante comme celle des étoiles, les ombres bondissent. Elles sont là tout le temps. MAIS VOUS LES FAITES BONDIR.

Accroupi là devant la fenêtre à regarder la LUNE disparaître. Comme un rêve disparaît sans qu'on puisse l'arrêter. Le cœur battant vite & fort. & je commence à bander. Excité, & le sang s'insinue dans mon sexe. Je ne suis pas aussi en sécurité dans le grenier que dans la cave où j'ai installé mon établi. J'ai changé mes affaires de place pour les enfermer à clé dans le grand tiroir de l'établi avec les outils du GARDIEN.

Cet espace dans le grenier ressemble à certains rêves que je faisais où des formes censées être solides se mettent à fondre. & il n'y a pas de protection. & pas de contrôle. À la différence de la cave qui est un endroit sûr SOUS TERRE, le grenier est très AU-DESSUS DE LA TERRE. La concentration des RAYONS COSMIQUES est plus importante dans les endroits élevés que dans les endroits bas.

Il a été suggéré par Papa que je nettoie le grenier pour diminuer les *risques d'incendie* & j'ai dit d'accord. Je commencerai bientôt. Pour le moment la cave est ma priorité Numéro Un.

Maintenant nous allons repartir du bon pied n'est-ce pas fils & j'ai dit *Oui Papa.*

7

D'eux tous, Maman, Papa, grand-mère & ma sœur Junie, c'est pour Papa que ç'a été le plus dur, je sais. Parce que les femmes, c'est leur nature de pardonner. Pour les hommes, c'est plus dur.

Dérangeant pour le professeur R… P… d'apprendre certaines choses sur son fils unique & que ces choses soient rendues publiques. *Que plaide votre client,* a demandé le juge, & l'avocat que Papa m'avait pris a dit : *Mon client plaide coupable, monsieur le président.*

Au fond de moi je ne plaidais pas COUPABLE parce que je ne l'étais pas & que je ne le suis pas. Mais c'était aussi une AFFAIRE RACIALE. Le garçon était noir & Q… P… est blanc & c'est une question sensible à Mont-Vernon en ce moment, a dit l'avocat à Papa, les tribunaux sont surveillés de près, estimez-vous déjà heureux que nous ne soyons pas tombés sur un juge noir.

Mais je suis de nouveau en bons termes avec la famille. C'est un soulagement pour toutes les parties concernées. J'ai conduit Maman & grand-mère à l'église & assisté à quatre services du dimanche de suite. J'ai accompagné grand-mère à des réunions du troisième âge & chez des amis. Je leur ai dit combien je regrettais le mal que je leur avais fait. & comme c'était important pour moi qu'ils me fassent confiance. *Je me montrerai digne de votre confiance à partir de maintenant* je leur ai dit.

La boisson est la cause de tout & à partir de maintenant c'est terminé.

C'est sacrément dur pour moi de les serrer dans mes bras ! Surtout Papa. Il y a quelque chose de raide dans tous nos os. Mais je le fais & je crois que je le fais bien. Maman, grand-mère & ma grande sœur Junie pleuraient & des larmes coulaient de mes yeux que je n'essuyais pas.

Quand le juge L… a prononcé DEUX ANS il s'est écoulé un long moment pendant lequel personne n'a parlé ni respiré avant qu'il ajoute AVEC SURSIS. Les yeux du juge L… que j'étais bien obligé (mon avocat me l'avait conseillé) de regarder exprimaient la sévérité mais aussi la bonté.

Le juge L… est un homme juste, pas vindicatif & qui ne se laisse pas manipuler par les groupes de pression, disait-on. Papa le connaît & le juge L… connaît Papa. Je n'ai rien demandé mais Mont-Vernon est une ville où les hommes importants se connaissent & il est possible qu'ils fréquentent le même ou les mêmes clubs. Papa est membre du Club sportif de Mont-Vernon dans le centre pas très loin du tribunal.

Après Papa m'a serré la main si fort que ça m'a fait mal & il m'a pris dans ses bras & il y avait des larmes dans ses yeux derrière les lunettes comme si ses yeux flottaient dans leurs orbites comme de la gelée sur le point de déborder. Il m'a donné les clés de sa voiture pour que je ramène la famille à la maison.

CLÉ DE LA VOITURE
DE PAPA
(TAILLE RÉELLE)

8

C'est pour Papa que ç'a été le plus dur parce que R... P... est un nom connu. À Mont-Vernon où Maman & lui vivent depuis trente ans & dans le milieu de Papa où il est un homme éminent.

Je ne veux pas dire qu'il est célèbre comme Einstein ou Oppenheimer ou le docteur K..., son mentor du Washington Institute, ni un grand génie dans son domaine mais il est bien connu & admiré & beaucoup d'étudiants de troisième cycle le veulent pour professeur. Il a un doctorat en physique & en philosophie ou peut-être deux doctorats & tous les deux obtenus à Harvard à moins qu'il y en ait un d'une autre université, Papa en a fréquenté beaucoup & connaît beaucoup de gens.

Avant ma naissance quand R... P... venait d'avoir son doctorat, le Washington Institute du District of Columbia lui a accordé une bourse & là il s'est lié d'amitié avec le chercheur M... K... qui a reçu un prix Nobel en 1958. Dans une matière comme la neurobiologie, ou la biologie cellulaire. Sur le manteau de la cheminée de la maison de Dale Springs où j'ai grandi il y a une photographie d'hommes en tenue de soirée & l'un d'eux est le docteur K… & l'un d'eux est Papa si jeune qu'il est difficile de le reconnaître & ces deux-là se serrent la main & sourient à l'appareil. Des piqûres de lumière rouge dans les yeux à cause du flash. Le docteur K… est un vieux type déplumé aux cheveux blancs avec une barbiche comme des poils du cul & R… P… pourrait être son fils c'est ce qu'on se dit. Sérieux, intelligent & vingt-neuf ans seulement mais ayant déjà publié des articles comme il les appelle. & déjà marié à Maman (qui n'est pas sur la photo).

Cette photo du docteur M… K… & de R… P… se trouve en trois endroits : le bureau de Papa dans le bâtiment Érasme à l'université, la maison de Dale Springs & la maison de grand-mère sur un mur de la salle à manger où il y a surtout des photos de famille. Les visiteurs la regardent fixement & disent *Oh ! ce ne serait pas… ?* & Papa dit *Oui c'est lui.* En rougissant comme un gosse. *Je ne le connaissais pas si bien que cela en fait… mais c'était un grand homme, il a marqué beaucoup de vies & la mienne incontestablement.*

Lorsque le docteur K… est mort il y a quelques années à l'âge de quatre-vingts ans, il y a eu des nécrologies dans *Time, People,* le *New York Times* & jusque dans le *Mt. Vernon Inquirer.* Papa les a toutes découpées, les a fait plastifier & elles sont sur un mur de son bureau de l'université. Il y avait une nécrologie dans le *Detroit Free Press* que j'ai vue & que j'aurais dû découper & garder pour Papa mais j'ai oublié ou elle s'est perdue. J'étais à Detroit où je vais de temps en temps dans un hôtel de Cass Avenue où l'on me connaît sous le nom de TODD CUTTLER un type aux cheveux brun-roux bouclés qui porte une moustache & une cravate en cuir, le genre sympa mais aussi un peu ringard, un trouduc qu'on pourrait faire marcher si on essayait. J'étais avec le Coq & on était bien partis tous les deux en train de rire comme des fous en feuilletant le journal ce qui me fait toujours rire dans les bons jours & l'un de nous tournait les pages vite & fort comme un gosse en essayant de les déchirer ou peut-être que c'était tous les deux & j'ai vu ce visage sur la page nécrologique MORT D'UN PRIX NOBEL & j'ai donné un coup de coude au Coq & dit *Ce type-là, mon père le connaît* & le Coq a dit *Ah ouais ? Sans blague ?*

9

C'est il y a cinq ans que l'idée de créer un ZOMBI à mes propres fins m'est venue pour la première fois comme un coup de tonnerre qui a changé ma vie.

Seigneur ! Dans des moments pareils on sent les neurones électrisés du cerveau préfontal se réaligner comme de la limaille de fer attirée par un aimant.

La Terre est constamment bombardée de rayons cosmiques ultrarapides disait une voix de conférencier. Une voix amplifiée. Celle de Papa ? Ou de quelqu'un imitant le docteur P... & son ton monotone nasillard, son habitude de se racler la gorge & de s'interrompre pour donner du poids à ses paroles.

Des rayons cosmiques de l'espace intersidéral. Vieux de plusieurs millions d'années. Plus concentrés dans les endroits élevés. C'était dans un amphithéâtre sombre de l'université. Je ne savais pas comment j'étais arrivé là. Je ne me rappelais pas être entré. Il a pu être observé que Q... P... s'était caché délibérément pour écouter la conférence du profes-

33

seur P..., peut-être à la recherche de certaines connaissances ou d'un secret ? Comme un chien qui cherche ce que les chiens cherchent en reniflant le sol & les yeux aux aguets. Sauf que j'avais dû m'assoupir sur le gradin du fond & en me réveillant je ne savais pas où j'étais ce qui m'arrivait à cette époque-là où j'étais moins maître de moi qu'aujourd'hui & passais quelquefois quarante-huit heures d'affilée sans dormir puis m'écroulais ensuite n'importe où. La peau brûlante & un goût de métal dans l'haleine & en me voyant les gens gardaient leurs distances & s'asseyaient loin de moi. Je n'habitais pas à la maison à ce moment-là mais dans une chambre en ville. C'était difficile de se laver là-bas, pas d'eau chaude.

Papa était debout devant un pupitre sur la droite. Un microphone autour du cou. Deux ou trois cents étudiants dans l'amphithéâtre en train de prendre des notes & si Papa voyait son fils il ne le montrait pas. Mais il ne pouvait pas me voir dans le noir j'en suis sûr.

Matière quantifiable & inquantifiable. Les recherches sur les débuts de l'univers laissent penser. Sur un écran illuminé passait une simulation informatique dont le professeur P... a dit qu'elle représentait une partie de l'univers il y a deux cents millions d'années. Expliquant comment l'univers est passé de quelque chose d'uni & d'une distribution équitable de matière à la situation actuelle de superamas & de matière noire. *Près de 90 % de la masse de l'univers se trouvent dans des « trous noirs » inquantifiables. La majeure partie de l'univers est donc indétectable par nos instruments & n'« obéit » pas aux lois de la physique telles que nous les connaissons.*

Il y avait un bourdonnement & un ronronnement & des vibrations dans la salle. Cette impression que le sol s'incline ou que la Terre bouge & se stabilise sous vos pieds. Les étudiants du professeur R... P... prenaient des notes & j'observais leurs têtes & leurs épaules penchées & il m'est venu à l'esprit que n'importe lequel d'entre eux ou presque ferait un spécimen convenable de ZOMBI.

Sauf que : il faudrait un jeune homme en bonne santé. Remplissant certaines conditions de taille, de poids, de carrure, etc. Il faudrait quelqu'un ayant du « ressort » & de la « vigueur ». & bien monté.

Mais les étudiants me sont interdits. Après cet incident stupide qui, par chance pour Q... P..., s'est bien terminé. Il faisait sombre derrière la résidence universitaire & le gosse était ivre & plié en deux en train de vomir & de hoqueter & quand il s'est redressé en m'entendant, le démonte-pneu s'est abattu au-dessus de son oreille & l'a envoyé par terre avant qu'il ait réalisé m'avoir vu & donc ça allait. Je portais mon blouson de toile à capuchon & il n'y avait pas de témoin mais j'ai quand même paniqué & je me suis sauvé, ce que je ne ferais jamais maintenant que j'ai plus d'expérience. Mais ça allait. La leçon a servi.

& à Ypsilanti il y a longtemps si longtemps que je ne m'en souviens pas vraiment j'étais arrivé à la même conclusion je crois. Car le fait est que la disparition d'un étudiant serait immédiatement remarquée (à l'exception des étudiants étrangers qui sont vraiment loin de chez eux). Leur famille se soucie d'eux. & ils ont une famille.

Un spécimen de ZOMBI plus sûr serait quelqu'un d'extérieur à la ville. Un stoppeur, un vagabond ou un drogué (s'il est en bonne condition physique & pas maigre & esquinté ou malade du SIDA). Ou un type des HLM noires du centre-ville. Quelqu'un dont tout le monde se contrefout. Qui n'aurait jamais dû naître.

Suis sorti de l'amphithéâtre alors que la voix continuait à ronronner & suis allé dans la bibliothèque psy me renseigner sur la LOBOTOMIE.

10

Voici pourquoi : en voyant l'univers comme ça (& encore seulement une copie de quelque chose disparu depuis des milliards d'années !) on comprend que c'est complètement inutile de croire qu'une galaxie a de l'importance sans parler d'une étoile dans une galaxie ou d'une planète à peine grosse comme un grain de sable dans tout ce vide d'un noir d'encre. Sans parler d'un continent, d'une nation, d'un État, d'un comté, d'une ville ou d'un individu.

L'idée m'est aussi venue à ce moment-là parce que j'avais du mal à continuer de bander observé dans l'intimité par les YEUX ATTENTIFS des types.

11

J'habitais un deux-pièces dans la 12ᵉ Rue à Reardon, de retour à Mont-Vernon après être resté quelque temps à Detroit & la famille connaissait cette adresse & je travaillais pour la société d'emballages de luxe Ace (comme employé croyait Papa mais en fait je chargeais & déchargeais les camions) ou peut-être que je venais de démissionner ou d'être renvoyé ce jour où Papa est passé. Pas longtemps après la conférence dans l'amphithéâtre je pense. J'avais dans la tête que Papa m'avait vu là dans le noir SES YEUX PERÇANT L'OBSCURITÉ mais peut-être que ce n'était pas le cas.

Vingt-sept ans & grand temps que je me débrouille SEUL je leur avais dit. & j'étais sérieux.

(Sauf que : Maman me donnait des $$$ quand j'en avais besoin, pas des chèques mais du liquide. Pour que Papa ne s'en aperçoive pas.)

Une semaine après Thanksgiving 1988. PATTES-DE-LAPIN avait disparu depuis douze jours mais il n'y avait toujours rien dans le *Mt. Vernon Inquirer* ni à la télé locale, & ça n'avait rien d'étonnant. Parti de Detroit pour le Montana & aucune trace.

Combien de centaines, de milliers, dans une seule année. Comme des moineaux des airs ils déploient leurs ailes & s'envolent & faiblissent & tombent & disparaissent & aucune trace. & Dieu est lui-même la MATIÈRE NOIRE qui les engloutit.

Dale Springs, 8 000 habitants, est l'endroit où vivent les P… & où leur fils Q… a grandi. Une banlieue de Mont-Vernon à côté du lac Michigan, beaucoup de grands arbres & un méridien de verdure planté de géraniums en été quand on franchit en voiture la frontière (invisible) la séparant de la ville de Mont-Vernon. À dix kilomètres au nord & à l'ouest du campus tentaculaire de l'université. Le centre-ville, ce quartier miteux où je louais mon appartement est à huit kilomètres au sud, alors allez comprendre. Papa a dit qu'il était venu me voir EN PASSANT.

Les coups à la porte. Mes yeux se sont ouverts brutalement en décollant les cils poisseux & mon cœur battait affolé parce que CE N'ÉTAIT PAS LE MOMENT.

Répondu en bégayant & debout titubant vite j'ai enfilé mon pantalon. Remonté la braguette. Tiré la couverture kaki sur le matelas. Les draps souillés, l'odeur douceâtre-rance. J'y étais habitué maintenant & j'aurais dû essayer d'ouvrir la fenêtre mais ne l'ai pas fait.

« OK, j'ai dit… Je suis calme. OK. »

& c'était Papa. Mon père. Venu EN PASSANT voir comment j'allais !

La chaîne de sûreté était mise. & derrière la porte il y avait le professeur R... P... souriant montrant le velours sable de son visage & son trou du cul de bouche en tweed & ses lunettes noires de professeur en plastique sur le nez. J'ai tripoté la chaîne. Essayé de dire que je n'arrivais pas à ouvrir la porte davantage, que le loquet était bloqué. Mais LES YEUX DE PAPA à quelques centimètres dans l'entrebâillement.

Réveillé d'un rêve érotique de PATTES-DE-LAPIN, & de câlins. Sa voix nette dans mon cerveau comme avant qu'elle change. & ses yeux brun boueux à mesure qu'il COMPRENAIT & que les pupilles devenaient des piqûres d'épingle.

« Quentin, bonjour ! Ce n'est que moi ! Je te dérange ? »

Ma main a bougé & la chaîne de sûreté est tombée. & Papa a occupé tout l'espace de la porte, les yeux partout & hors d'haleine à cause des escaliers. Quand la barbiche de professeur de R... P... n'a plus été châtain brillant mais couleur limaille il l'a rasée par fierté mais il y a encore son ombre sur son visage. Cette tension dans sa voix. « Fils ? »

De la même taille tous les deux si je me tenais droit ce qui est difficile & que je lève la tête pour l'affronter. M'a demandé comment j'allais comme toujours, & j'ai dit. & comment allait-il, lui, & à la maison ? & Maman & grand-mère t'embrassent. Oui & Junie aussi. Se demandent toutes pourquoi je n'appelle pas, pourquoi je ne viens pas les voir & se font du souci (tu sais comment sont les femmes !) je pourrais être malade. & LES YEUX DE PAPA furètent comme je m'y attendais se fixent sur LA chose. Un silence & puis il demande : « Cette armoire, c'est nouveau, non ? » & un silence. & : « Qu'y a-t-il là-dedans qu'il faille enfermer à clé, fils ? »

Je me suis retourné pour regarder l'armoire métallique d'un mètre cinquante appuyée dans le coin. Entre le lit & la salle de bains. Comme si je la voyais pour la première fois & étais moi-même surpris.

« Oh, juste mes affaires de gym, Papa », j'ai dit. Tout de suite. « Des tennis, des chaussettes, des serviettes & des trucs comme ça. »

Papa a demandé, très raisonnable : « Mais pourquoi te faut-il un cadenas ? »

C'était un cadenas à combinaison comme sur les armoires de lycée. J'avais mémorisé la combinaison & jeté le bout de papier.

Je disais : « Il était vendu avec, Papa. À l'Armée du Salut. 12 $: une vraie affaire. Ça fait partie de l'armoire. C'est une façon de l'utiliser à fond, je suppose.

— Mais tu n'as pas besoin de t'en servir, en fait. Pour quoi faire ? »

Professeur émérite de l'université d'État de Mont-Vernon. Double chaire de physique & de philosophie. Chercheur distingué de l'Institut de recherche avancée du Michigan.

LES YEUX DE PAPA derrière ses verres miroitants. Fixés sur moi comme quand j'avais deux ans accroupi en train de chier sur le sol de la salle de bains & quand j'avais cinq ans en train de jouer avec ma quéquette d'enfant & quand j'avais sept ans & les saignements de nez d'un autre gosse sur mon tee-shirt & quand j'avais onze ans de retour de la piscine où mon ami Barry s'était noyé & encore plus terribles LES YEUX DE PAPA à douze ans ce jour où il avait foncé au premier étage avec les revues *Body Builder* qui tremblaient dans sa main. « Fils ? *Fils ?*

— Qu... quoi ? Je t'écoute. »

Papa fronçait les sourcils. Cinquante-sept ans & des narines noires poilues qui s'élargissent & se pincent. « Pourquoi te faudrait-il un cadenas spécial pour des "affaires de gym", fils ? Pourquoi des "affaires de gym" émettraient-elles cette... *odeur ?* »

Je me suis dit : Papa pense que j'ai recommencé à boire & à me droguer, c'est ça ? & repris de vilaines habitudes dangereuses pour ma santé ?

Sur PATTES-DE-LAPIN que pouvait savoir Papa ? *Pouvait-il* savoir ?

Entre les ressorts & le matelas mince il y avait le couteau à vider les poissons, le pic à glace & le Smith & Wesson en nickel calibre .38 mais j'étais paralysé & incapable de faire un mouvement rapide pour me protéger. Les yeux fixés sur mes mains qui tremblaient un peu comme si le bâtiment vibrait par en dessous. Je me suis bien demandé si je pouvais étrangler Papa ? Mais il résisterait, il ne se laisserait pas faire, & il est fort. & en nous battant nous serions si *près*. Je fixais mes mains comme si je les voyais pour la première fois, comme d'apprendre que mon nom est Q... P..., que c'est moi & que je ne peux être personne d'autre, des doigts boudinés de gosse & des écorchures sur les jointures & des ongles avec de drôles de demi-lunes laiteuses irréguliers & cassés & crasseux. Le nombre de fois où je m'étais récuré les mains avec le savon gris de chez Ace & nettoyé les ongles avec une lame de couteau & pourtant tout était revenu.

& puis la réponse m'est apparue.

J'ai dit : « ... Je parie que je sais ce que c'est, Papa. Un rat mort.

— Un *rat* ?

— Ou une souris. Des souris peut-être.

— Il y a des souris mortes là-dedans ! »

Il pensait peut-être à la nourriture. De la nourriture pourrie. Oh merde.

Frappant sur l'armoire du dos de la main. Elle était vert militaire, méchamment éraflée & a oscillé quand il a tapé dessus. Le visage de velours de Papa s'est plissé de dégoût.

J'ai dit : « Je... je sais que je n'ai pas été élevé comme ça, Papa, ni Junie. Je regrette.

— Depuis combien de temps cette pièce est-elle dans cet état, Quentin ?

— Pas longtemps, Papa. Un jour ou deux.

— L'odeur ne te gêne pas, toi ?

— Je vais faire le ménage ce week-end, Papa.

— Tu dors ici, à côté de cette armoire, dans cette odeur, & ça ne te gêne pas ?

— Ça me gêne, Papa. C'est juste que je n'en fais pas une maladie.

— Ça me fait de la peine que tu puisses me mentir, fils.

— Je ne cherche pas à mentir, Papa. Mais je ne sais pas ce que tu demandes.

— Je te demande pourquoi cette armoire est fermée par un cadenas, & pourquoi elle sent. Tu sais ce que je te demande.

— À part les souris, Papa, je ne sais pas ce que tu demandes.

— Ta mère se fait du souci à ton sujet, & moi aussi, a dit Papa... Pas seulement pour ton avenir mais maintenant. À quoi ressemble ta vie en ce moment, Quentin ? Comment la décrirais-tu ?

— Ma vie "en ce moment"... ?

— Tu travailles toujours dans cette société d'emballage ?

— Bien sûr. Mais aujourd'hui, c'est mon jour de libre.

— Que faisais-tu quand j'ai frappé à la porte ?

— Une sieste.

— Une sieste ? À cette heure de la journée ? Avec cette... odeur ? Que t'arrive-t-il, fils ? »

J'ai secoué la tête. Je regardais le plancher mais sans le voir.

Je pensais : s'il va dans la salle de bains, je suis foutu. La baignoire, je n'avais pas eu le temps de la nettoyer. Le rideau de douche tout taché & éclaboussé. Les sous-vêtements de PATTES-DE-LAPIN en boule & trempés de sang. & les poils pubiens que j'avais raclés.

« Fils ? Je te parle. Quelle explication as-tu à me donner ?

— ... En dehors des souris, je ne vois pas quel est le problème », j'ai répondu.

Ça a continué comme ça. LA BOUCHE DE PAPA formait des mots qui sortaient comme des ballons & ma bouche formait des mots & c'était comme d'habitude & ça avait un côté rassurant. Parce qu'à la fin Papa abandonne parce *qu'il ne veut pas savoir* & il s'essuie le visage avec un mouchoir & dit : « Si je suis passé, Quentin, c'est surtout... Que dirais-tu de venir avec moi dîner à la maison, ce soir ? Ta mère a préparé une tarte à la banane », & j'ai dit : « Merci, Papa, mais je crois que je n'ai pas faim. J'ai déjà mangé. »

12

Douze ans & en sixième & maintenant je portais des lunettes & j'étais dégingandé, maigre, des poils sous les bras, à l'entrejambe & leurs yeux glissaient sur moi, même les professeurs & en classe de gym je refusais d'aller à la douche, refusais de me promener nu parmi eux & leurs bittes luisantes & en train de se gratter le torse, le ventre, certains si musclés, si beaux & riant comme des singes sans deviner sauf s'ils me voyaient & mes yeux toujours en mouvement bondissant & filant parmi eux comme des vairons s'ils me voyaient ils savaient & leur visage se durcissait de dégoût PÉDÉ PÉDÉ QUENTIN EST UN PÉDÉ & ce jour où Papa a foncé au premier où je faisais mes devoirs dans ma chambre & m'a tiré par le bras & traîné en bas & dans le garage & montré les revues *Body Builder* & la poupée Ken nue de la cour de récréation rapportée cachée derrière des piles de vieux journaux & il l'avait trouvée le visage marbré & furieux & à ce moment-là Papa portait une barbiche comme le docteur M… K… & elle aussi était blanche d'indignation. Serrant les revues à deux mains comme s'il tordait le cou d'un poulet pour s'épargner la vue des couvertures & des dessins que quelqu'un avait fait dessus au feutre rouge fluorescent. & aussi l'intérieur avec d'autres dessins du même genre sur les doubles pages centrales de corps mâles musclés & ce jeune type ressemblant à Barry quand il aurait été plus vieux & avec pas mal de kilos en plus & la banane rose vif toute droite entre ses cuisses & des parties de certaines photos découpées aux ciseaux. *C'est malsain Quentin,* la bouche de Papa remuait, haletait, *c'est dégoûtant je ne veux plus jamais jamais revoir des choses comme ça de ma vie. Nous n'en parlerons pas à ta mère* sur le point d'en dire davantage mais la voix lui a manqué.

Ensemble nous avons brûlé les preuves. Derrière le garage où Maman ne verrait rien.

13

La lobotomie frontale, appelée aussi leucotomie (du grec *leuco,* « blanc »). Forme de psychochirurgie la plus radicale & la plus irréversible. L'opération détruit la substance blanche dans les lobes frontaux droit & gauche du cerveau humain. Les réseaux neuronaux reliant ces lobes au système limbique & à d'autres régions du cerveau sont sectionnés. Résultat souhaité : « aplatissement » des affects pour diminuer l'émotion, l'agitation, la cognition mentale & les comportements physiques compulsifs chez les schizophrènes & d'autres malades mentaux. Ce traitement peut être appliqué aux enfants dès l'âge de cinq ans.

Cette page, je l'ai découpée au rasoir dans le manuel. Derrière les rayonnages de la bibliothèque de psycho où personne ne pouvait me voir. JE VOYAIS PRESQUE MON *ZOMBI* SE MATÉRIALISER DEVANT MES YEUX.

Meilleur encore, *La Psychochirurgie* (1980) écrit par les docteurs Walter Freeman & James W. Watts de l'université George Washington :

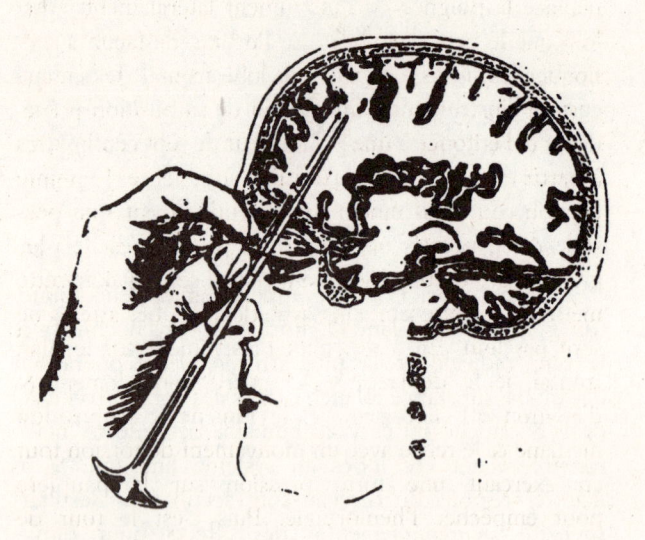

Figure 1. Lobotomie transorbitale. Le leucotome ou « pic à glace » est inséré à l'aide d'un maillet à travers l'orbite osseuse, au-dessus du globe oculaire. On fait ensuite tourner le manche du leucotome de façon que son tranchant sectionne les fibres à la base des lobes frontaux.

Lorsque le patient est sans connaissance, je saisis la paupière supérieure entre le pouce & l'index & l'écarte largement du globe oculaire. J'insère alors la pointe du leucotome transorbital dans le sac conjonctival en veillant à ne toucher ni la peau ni les cils, & j'y déplace la pointe jusqu'à ce qu'elle repose contre la voûte de l'orbite. Je mets alors un genou en terre, à côté de la table, pour diriger l'instrument parallèlement à l'arête osseuse du nez & un peu vers la ligne médiane. Lorsque la graduation des cinq centimètres est atteinte, je déplace la poignée de l'instrument latéralement, aussi loin que le permet le bord de l'orbite, de façon à sectionner les fibres à la base du lobe frontal. Je ramène ensuite l'instrument à mi-chemin de sa position précédente & l'enfonce à une profondeur de sept centimètres à partir du rebord de la paupière supérieure. Je pointe de nouveau l'instrument aussi prudemment que possible & en prends une photo de profil. C'est le plus grand degré de précision dont puisse se prévaloir cette méthode. Vient ensuite la partie délicate. Les artères ne sont pas loin. En maintenant l'instrument sur le plan frontal, je le déplace de 15° à 20° médialement & d'environ 30° latéralement, le ramène à sa position médiane & le retire avec un mouvement de torsion tout en exerçant une forte pression sur la paupière pour empêcher l'hémorragie. Puis c'est le tour de l'autre œil avec un instrument identique, fraîchement stérilisé.

J'étais excité en train de BANDER en découpant ces pages, je savais que c'était un TOURNANT dans ma vie. Les milliers de *lobotomies transorbitales* que ces types ont pratiquées dans les années 40 & 50 & avec quelle facilité, l'auteur des *Principes de psychochirurgie* écrivait qu'il en faisait parfois jusqu'à trente par jour en n'utilisant qu'un « humble » pic à glace comme il disait !

Papa & Maman avaient espéré que je devienne un scientifique comme Papa, ou un médecin. Mais les choses avaient tourné autrement. Je savais que j'étais capable de pratiquer une *lobotomie transorbitale* même si cela devait rester secret. Tout ce qu'il me fallait, c'était un pic à glace. & un spécimen.

14

À la séance de groupe du mardi, le docteur B… nous a engagés à *parler à cœur ouvert*. Nous sommes onze. Les yeux s'évitent. *Eh bien, les gars, allons-y, qui veut commencer ?* J'entendais un étrange bourdonnement à l'arrière de mon crâne. N'arrêtais pas de regarder par-dessus mon épaule & de me remuer sur ma chaise mais il n'y avait personne derrière moi ou personne que je puisse voir. *Rappelez-vous que personne ne juge personne. C'est l'essentiel, les gars.*

Des lumières fluorescentes & certaines qui clignotent. Un mur de ciment peint jaune moutarde & des affiches, des prospectus, des feuilles de présence, un poster de Magic Johnson avec un message quelconque dessus & pas de fenêtres, seulement la porte, du verre épais renforcé par des fils métalliques comme des circuits dans le cerveau & je me demande si c'est une glace sans tain & si on nous observe comme des rats de laboratoire en nous filmant peut-être ? mais quand nous sommes entrés c'était la même porte que celle par laquelle nous passons toutes les semaines je serais prêt à le jurer.

Eh bien, les gars, allons-y, parlez clairement & à cœur ouvert. Qui veut commencer ?

Bim se lance le premier, Bim est un Blanc de mon âge, un visage comme du fromage friable, des tremblements dus à l'Haldol & un nez toujours en train de couler qui laisse un reflet de morve dans ses narines comme des larmes, une fois qu'il se met à parler & à rire & à parler vite il ne peut plus s'arrêter & je fixe le sol en essayant de penser à ce que Q... P... pourrait dire, trois semaines d'affilée assis ici à fixer le sol & sourd-muet comme un débile. Si vous ne coopérez/communiquez pas VOUS ÊTES FOUTUS. Ensuite c'est au tour de cet autre Blanc Perche la quarantaine toujours avec un manteau écossais & une cravate toujours en train de sourire & d'essayer de serrer la main de tout le monde, m'a vu dans la rue un jour & a gueulé QUEN-TIN ! comme si on était potes & je suis resté à le regarder pas dans les yeux mais au niveau du torse & il me regarde & s'approche plus près la main tendue & je suis dans mon espace figé & sans respirer & finalement il bat en retraite en disant *Excusez-moi, je vous ai pris pour quelqu'un que je connaissais.* & ensuite c'est ce gros type plus jeune que moi, de la brioche tout autour de sa ceinture de cow-boy qui remonte vers son menton comme un crapaud boursouflé, Groin-de-crapaud je l'ai baptisé & il parle trop vite lui aussi & transpire & halète & bien que je n'écoute pas, je ne peux pas m'empêcher d'entendre des conneries comme quoi il est *obsédé par le souvenir de, pense nuit & jour à, se consume de regret pour* les gosses de sa sœur qu'il a brûlés accidentellement en répandant de l'essence autour de la maison & en mettant le feu par vengeance sans savoir qu'il y avait quelqu'un à l'intérieur & ça dure longtemps. & il y a ces types noirs dont deux sont des mecs cool que j'appelle Langue-de-velours & L'Aguicheuse, de vrais baratineurs tous les deux en liberté conditionnelle & Q… P… aurait beaucoup à apprendre d'eux mais PAS DE CONTACT VISUEL. & donc non.

J'ai oublié mes médicaments du matin & ceux de midi & donc avalé deux Mandrax avant de venir. Mangé un double cheeseburger & des frites & bu de la bière dans la camionnette, me suis acheté un pack de six dans un magasin & en ai bu quatre à la suite tellement j'avais la gorge sèche. Sur la voie express & le long du fleuve & des HLM. ZONE INTERDITE depuis la condamnation. Un petit risque si un flic m'arrête & que je suis en train de boire mais aucun flic ne va m'arrêter, un Blanc aux cheveux bien coupés dans une fourgonnette avec feux avant & arrière OK, qui respecte la limitation de vitesse & roule sur la voie de droite. Q… P… a eu son permis à seize ans & a toujours été un conducteur drôlement prudent.

Donc je suis calme & gris & j'écoute les autres ou je fais semblant & le docteur B… fronce les sourcils & hoche la tête comme ils font, comme s'ils écoutaient aussi & comprenaient tout. & je ne vais pas paniquer parce que c'est mon tour après le type suivant. & je sais que je déconne en ne *contribuant pas à la discussion* comme dit le docteur B... & je sais qu'il m'a déjà mis de mauvaises notes ou des *???* sur ses rapports. *Personne ne va vous juger, les gars. Parlez à cœur ouvert. Ça ne sort pas de cette pièce, d'accord ?*

Les épaules voûtées comme celles d'un vautour & je fixe mes chaussures qui sont des chaussures de jogging tachées comme par de la rouille. *Quen-tin ? & toi ?* & j'ouvre la bouche pour parler & il y a cette voix qui sort, celle de Q... P... mais de quelqu'un d'autre aussi, un type à la télé peut-être, ou alors j'imite Bim, Perche, Groin-de-crapaud, bégayant disant combien j'ai eu honte de trahir la confiance & l'amour de mes parents & que c'était ce qu'il y avait de pire dans ce qui m'était arrivé, pas seulement cette fois-là mais souvent depuis l'âge de dix-neuf ans, bien que je n'aie jamais été arrêté avant & n'aie jamais rien fait d'*illégal* mais beaucoup de petites bêtises. (Pourquoi j'ai dit *dix-neuf ans* je ne sais pas, juste parce que ça sonnait bien. C'était à *dix-huit ans* en fait, l'incident d'Ypsilanti & Papa & Maman bouleversés.) J'aimerais pouvoir revenir au temps de mon enfance j'ai dit ! & recommencer. Au temps où j'étais pur & bon. Où j'étais avec Dieu. J'ai dit que je croyais en Dieu mais que je ne pensais pas que Dieu croyait en moi parce que je ne le méritais pas.

Il y a cette façon dont le visage de Maman se froisse & s'affaisse quand elle pleure parce qu'elle vieillit & mon visage s'est affaissé comme ça & les types étaient gênés & ont regardé ailleurs sauf Perche qui avalait ça comme de la semoule & le docteur B... qui fronçait les sourcils & hochait la tête. Un des Noirs Langue-de-velours m'a passé un Kleenex mais sans me regarder & ma voix allait à toute vitesse maintenant comme un camion fou dévalant une route de montagne. J'ai dit que je regrettais beaucoup pour ce garçon de douze ans que j'étais accusé d'avoir « brutalisé » (mais sans préciser qu'il était *noir* & *retardé* & un *zombi-né...* à mon avis !)... dit que je ne savais pas vraiment ce qui s'était passé si j'avais abordé le garçon moi-même dans la ruelle derrière la grosse poubelle où ma fourgonnette était garée ou si ce garçon m'avait suivi & *ramassé* à mon insu. Parce qu'il m'arrive parfois des choses que je ne comprends pas. Qui sont trop rapides & confuses pour que je comprenne. Ce garçon faisait beaucoup plus vieux que douze ans, des yeux tranchants comme des lames & il m'avait demandé de l'argent sinon il me dénonçait, il avait demandé 10 $ & quand je lui avais donné 10 $ il en avait demandé 20 & quand je lui avais donné 20 $ il en avait demandé 50 & quand je lui avais donné 50 $ il en avait demandé 100 & alors j'avais perdu mon sang-froid & je l'avais injurié & secoué MAIS JE NE LUI AI PAS FAIT DE MAL JE LE JURE.

À ce moment-là je bégayais & mon visage était mouillé de larmes ! Je ne savais pas qu'il y avait des larmes si près de couler dans mes orbites & une fois qu'on a commencé c'est facile de continuer & la moitié des types regardaient ailleurs & l'autre moitié surtout les Blancs regardaient & le docteur B... le visage rouge comme s'il avait déchargé dans son pantalon me posait des questions sur ce garçon comme si c'était un gosse que je connaissais un gosse du quartier & pas un parfait inconnu & des questions bizarres du genre est-ce que *j'éprouvais de l'affection* pour lui & est-ce que j'avais le sentiment qu'*éprouver de l'affection c'était être manipulé* & si c'était pour ça que j'avais *perdu le contrôle,* c'étaient *mes émotions* dont j'avais perdu le contrôle n'est-ce pas ? que je craignais ? & je tremblais maintenant en imitant un peu Bim, le tremblement des mains, les contractions de la bouche & le visage luisant de larmes & j'ai regardé le docteur B... osé pour la première fois rencontrer ses yeux parce que les larmes me protégeaient & j'ai dit d'une voix forte & claire comme si c'était une surprise pour moi & une découverte : *Oui docteur. J'éprouvais de l'affection & c'est pour ça que j'ai perdu le contrôle de moi.*

Après chacune de nos séances, le docteur B... remplit un rapport pour le contrôleur judiciaire, je le sais. Il ne nous est pas permis de voir ces rapports qui sont confidentiels mais ce soir-là j'ai entendu des paroles encourageantes, le docteur B... tirant sur sa barbe comme si c'était sa queue & avec ce sourire plein de bonté qu'ils ont en vous faisant cadeau de votre propre merde. *Enfin de véritables progrès, Quen-tin, un grand pas, tu entres en contact avec tes émotions, Quen-tin !*

15

Un vrai ZOMBI serait à moi pour toujours. Il obéirait à tous les ordres & les caprices. En disant « Oui, maître » & « Non, maître ». Il s'agenouillerait devant moi les yeux levés vers moi en disant : « Je t'aime, maître. Il n'y a que toi, maître. »

& c'est ce qui se passerait, & c'est ce qui serait. Parce qu'un vrai ZOMBI ne pourrait pas dire quelque chose qui *n'est pas*, seulement quelque chose qui *est*. Ses yeux seraient ouverts & transparents mais il n'y aurait rien à l'intérieur qui *voie*. & rien derrière qui *pense*. Rien qui *juge*.

Comme vous qui m'observez (vous croyez que je ne sais pas que vous observez Q… P… ? faites des rapports sur Q… P… ? discutez entre vous de Q… P… ?) & pensez vos pensées secrètes – TOUJOURS & SANS ARRÊT EN TRAIN DE JUGER.

Un ZOMBI ne jugerait pas. Un ZOMBI dirait : « Dieu te bénisse, maître. » Il dirait : « Tu es bon, maître. Tu es généreux & miséricordieux. » Il dirait :

« Encule-moi à me défoncer les boyaux, maître. » Il mendierait sa nourriture & il mendierait l'air qu'il respire. Il mendierait la permission d'aller aux toilettes pour ne pas souiller ses vêtements. Il serait toujours respectueux. Jamais il ne rirait ni ne ricanerait ni ne froncerait le nez de dégoût. Il lécherait avec sa langue comme demandé. Il sucerait avec sa bouche comme demandé. Il écarterait ses fesses comme demandé. Il ferait l'ours en peluche comme demandé. Il poserait sa tête sur mon épaule comme un bébé. Ou je poserais ma tête sur son épaule comme un bébé. Nous mangerions des tranches de pizza avec les doigts. Couchés sous les couvertures de mon lit dans la chambre du GARDIEN nous écouterions le vent de mars & les cloches de la tour du conservatoire de musique & NOUS COMPTERIONS LES COUPS DU CARILLON JUSQU'À NOUS ENDORMIR EXACTEMENT AU MÊME MOMENT.

16

J'ai acheté mon premier pic à glace en mars 1988. Pris la route 31, bifurqué vers le lac Michigan & traversé les petites villes bâtardes de Stony Lake, Sable Pt., Ludington, Portage & Arcadia. Avec ma veste en duvet, un bonnet de laine, des lunettes avec des verres solaires en plastique fixés dessus, une barbe d'une semaine & parlant à voix basse comme si j'étais enroué je m'arrête à un carrefour dans un magasin qui fait épicerie plus quincaillerie & pas de problème pour mon achat, rien de suspect. Le vieux type regarde la télé à côté d'un poêle à bois & il tape le prix sur une caisse enregistreuse antique & il a le visage ratatiné comme un pruneau & je dis, en plaisantant : *On a besoin d'un putain de pic à glace en cette saison, pas vrai ?... Putain d'hiver,* & le vieux type cligne des yeux comme s'il ne comprenait pas l'anglais alors je dis, souriant & tournant ça à la plaisanterie : *Ces tempêtes verglaçantes, hein ?... Putain d'hiver du Michigan* & cette fois ce vieux croulant semble entendre ou du moins retrousse les lèvres & approuve. & je pense que si on lui demande un jour d'identifier l'acheteur dudit pic à glace & qu'on lui montre une photo de Q... P... (rasé, des lunettes normales & pas de bonnet) il secouera la tête & dira : *Non, ça ne lui ressemble pas du tout.*

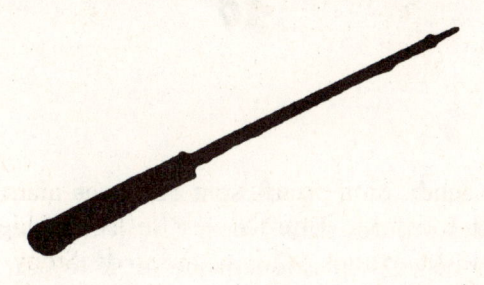

Arrêté la fourgonnette dans un parking au-dessus du rivage encombré de glace & le lac & le ciel gris acier & une lumière à ne pas savoir où l'un finit & l'autre commence, à pouvoir grimper de la Terre au Paradis si l'on croit ce genre de conneries CE QUI N'EST PAS LE CAS DE Q... P... ! & le pic à glace à la main je piquais & poussais & enfonçais en pleine cible & si EXCITÉ brusquement que sans avertissement JE DÉCHARGE DANS MON PANTALON avant d'avoir eu le temps de me déboutonner, oh Seigneur EST-CE UN SIGNE DE CE QUI VA ADVENIR ?

17

Le lundi & le jeudi sont les jours de ramassage des ordures dans North Church. Je sors donc les poubelles de plastique jaune sur le trottoir avant 7 h 30, ce qui ne me dérange pas parce que je me lève tôt n'ayant pas besoin de sommeil comme les gens faibles. En survêtement & une casquette de base-ball des Tigers sur la tête & regardant juste devant moi là où je vais comme un type qui s'occupe de ses affaires & voilà cette voix qui tombe du ciel !... une voix douce ronronnante !... & presque je ne l'entends pas & puis je l'entends & je pivote comme si c'était le Viêt-nam & que j'étais un troufion survolté comme dans les films & c'est un des locataires !... juste un des locataires Ramid si poli partant pour le campus & il a un capuchon comme un petit garçon & le visage d'un petit garçon & des yeux comme des dattes moelleuses & il me demande si j'ai besoin d'aide ? & je le regarde fixement, il y a CONTACT VISUEL mais pas longtemps & puis je suis calme, je dis *non merci c'est mon travail. Mais merci.*

18

Le docteur E… demande *de quelle nature sont tes fantasmes, Quentin ?* & je reste la tête vide & silencieux rougissant comme à l'école quand je n'arrivais pas à répondre à la question d'un professeur ni même (tous les yeux fixés sur moi) à la comprendre. Disant finalement, si doucement que le docteur E… a dû mettre une main en cornet autour de son oreille pour entendre : *Je crois que je n'ai pas… ce que vous appelez des « fantasmes », docteur. Je ne sais pas.*

19

À l'époque de PATTES-DE-LAPIN, YEUX-RAISIN, BALAISE je n'avais pas accès à mon appartement de gardien bien sûr ni à la cave du 118, North Church. Seulement la fourgonnette & le deux-pièces de la 12ᵉ Rue. La baignoire de la salle de bains.

Ma méthode était grossière & mes expériences continuellement contrariées. La radio devait marcher à fond, du rock heavy metal sur la station WMWM de Muskegon & parfois il y avait ces putains de publicités, l'intrusion d'une voix inconnue à un moment délicat. & si mes mains tremblaient ou si j'étais bourré de Mandrax & incapable d'accomplir ce que je demandais à mes mains de faire comme dans un rêve où on avance dans de la colle. & si je M'EXCITAIS TROP VITE. Oh merde.

PATTES-DE-LAPIN en qui je plaçais tant d'espoir, parce qu'il était le premier, s'est contorsionné comme un fou quand j'ai inséré le pic à glace selon l'angle du dessin à travers l'« orbite osseuse » au-dessus du globe oculaire (ou autre chose, de l'os en tout cas) & a hurlé à travers l'éponge que j'avais enfoncée & attachée dans sa bouche au point de briser le fil métallique lui ligotant les chevilles mais il n'a pas repris connaissance & est mort au bout de dix minutes alors que je lui faisais couler de l'eau froide sur le visage pour laver le sang & le ranimer. Mon premier ZOMBI… un foutu zéro pointé.

YEUX-RAISIN a survécu sept heures dans la baignoire presque conscient par moments & ronflant ou râlant & je me disais ÇA MARCHE ! ÇA MARCHE ! MON ZOMBI ! mais il a fallu que je soulève la paupière de son œil restant (je n'en avais « fait » qu'un) & que je la scotche, autrement il ne restait pas ouvert. Je lui bougeais les bras & les jambes pour que le sang circule. & caressais & pressais sa bitte (qui est restée molle & froide-moite comme des entrailles de poulet) mais RIEN NE S'EST PASSÉ. & puis ç'a été fini & MERDE DRÔLEMENT DÉPRIMANT.

BALAISE était le plus prometteur parce qu'à ce moment-là je crois que j'avais appris à utiliser le pic à glace avec adresse, c'est une technique qui s'apprend par la pratique, & je me servais d'un marteau comme le docteur Freeman au lieu de juste taper avec le plat de la main gauche comme je faisais avant pour enfoncer le pic à glace dans le « lobe frontal ». & puis aussi, pour un dealer-drogué-basketteur paumé de Lansing moitié nègre moitié indien huron, BALAISE était bizarre, si *bien portant*, l'air *bien portant* je veux dire, des cheveux épais & noirs brillants

& des os longs & durs, des muscles, le ventre plat & des poils sur le torse & un pénis comme un morceau de boudin, une peau noir-prune foncé que j'adorais lécher avec ma langue & mes dents mordiller. Même ses orteils, ses gros orteils !... J'ÉTAIS FOU DE LUI. & pourtant BALAISE m'a laissé tomber comme les autres, n'a jamais repris connaissance après l'opération & comme YEUX-RAISIN poussant ces profonds ronflements haletants quand j'avais retiré l'éponge en pensant qu'il étouffait. *Hé ? Allez ! Tout va bien, allez, ouvre les yeux !* Mais l'œil gauche dans lequel j'avais enfoncé le pic à glace était foutu & l'œil droit ne valait pas beaucoup mieux, chavirait comme si ce n'était même pas un œil mais quelque chose d'autre. BALAISE est resté vivant quinze heures, je crois mourant pendant que je l'enculais (pas dans la baignoire, dans mon lit) pour lui apprendre son rôle de ZOMBI & j'ai seulement compris qu'il était mort quand en me réveillant la nuit pour aller pisser, je l'ai senti tout froid, bras & jambes autour de moi là où je les avais mis & sa tête sur mon épaule pour câliner mais BALAISE devenait raide comme un cadavre alors je me suis affolé en pensant que j'allais rester prisonnier de son étreinte !

Mes trois premiers zombis : zéro sur toute la ligne.

Mais Q... P... n'a pas désespéré. Ni ne l'a fait à ce jour.

20

COMMENT UN INCIDENT IDIOT PEUT CHANGER VOTRE VIE.

Censé retrouver un type, un gosse de l'université de Wayne, à la fontaine de Grand Circus Park, dans le centre de Detroit, un soir d'été chaud & lourd il y a sept, huit ans & Q… P… en ville pour le week-end seul & le teint frais comparé aux alcoolos traînant autour de la fontaine fientée shootés au Thunderbird & à l'héroïne certains si défoncés qu'on prendrait un jeune pour un vieux, un Blanc pour un Noir, les yeux injectés de sang ou voilés-visqueux & la peau gris moisi comme un cadavre déterré. & c'était l'époque, je crois que c'était l'époque où je suivais des cours pour apprendre à être agent immobilier à Mont-Vernon, une idée de ma grande sœur Junie & c'était une idée raisonnable, simplement ça n'a pas marché. Peut-être que j'avais bu moi aussi mais je n'étais pas ivre, parce que je ne suis jamais ce qu'on appelle IVRE mais d'aplomb sur mes jambes & le regard assuré, dur comme l'acier. & j'avais sacrément belle allure avec mon jean moulant & mon blouson en peau d'alezan doré porté pour des raisons d'élégance malgré la température de 30°, les cheveux comme des ailes huilés & coiffés en arrière & bouclant juste sous les oreilles. Venant juste de dormir & de me réveiller hébété sans savoir que j'étais au balcon d'un des vieux cinémas « palaces » de Woodward Avenue MÂLES ARDEURS & EXTASES INTERDITES & maintenant il était minuit & l'air vibrait d'électricité bien que Woodward & Gratiot soient quasiment désertes. & j'ai attendu mon ami, & attendu, & il n'est pas venu & énervé d'avoir perdu une bonne partie de la soirée j'ai traîné dans des bars de Grand River & dû me soûler & après en marchant sur le trottoir j'ai été ceinturé par-derrière par deux ou trois agresseurs inconnus, & peut-être d'autres qui se sont contentés de regarder, une bande de nègres ?... des ados mais grands & forts & riant sans arrêt drogués jusqu'aux yeux qui me plaquent comme au rugby sur le trottoir dégueulasse & COGNENT COGNENT COGNENT à coups de pied en criant *Ton portefeuille, mec ? Où est ton portefeuille ?* Je venais de voir une voiture de patrouille traverser le carrefour mais personne ne m'a secouru, s'il y avait des témoins dans la rue ils ont passé leur chemin en s'en foutant, ou regardé en rigolant ce sale Blanc se faire tabasser, lunettes cassées & le nez en sang & plus il se tortillait comme un poisson au bout d'un hameçon plus les gosses riaient & hurlaient en déchirant mon blouson en peau d'alezan doré & ont tout de suite trouvé mon portefeuille mais continué à rire, en scandant *Ton portefeuille, mec ? Où est ton portefeuille ?* comme si c'étaient les paroles d'une musique nègre ce qui est peut-être le cas. & je sanglote & essaie de dire *Non ! ne me faites pas mal ! s'il vous plaît ! non,* NON ! même pas comme un enfant mais comme un bébé, un nourrisson, & je pisse dans mon pantalon & quand c'est fini & qu'ils s'enfuient en courant je ne m'en rends même pas compte je pleure toujours, en essayant de cacher mon visage, plié en deux comme un gros ver tremblotant essayant de me protéger le ventre avec les genoux, & longtemps après, quelqu'un s'approche pour me regarder & demande : *T'es vivant, mec ? Tu veux une ambulance, des fois ?*

C'est quand j'ai vu mon visage le lendemain que j'ai eu la révélation.

Les yeux qui clignent & tout près du miroir parce que je n'avais pas mes lunettes, & il y avait ce VISAGE ! ce VISAGE incroyable ! plein de bleus, de pansements (& du sang qui suinte déjà à travers) & cousu (plus de vingt points de suture à l'hôpital de Detroit pour trois vilaines entailles) & des lèvres meurtries & enflées & des yeux injectés-pochés QUE JE NE CONNAISSAIS PAS.

& j'ai compris alors que je pouvais habiter un VISAGE INCONNU. Inconnu DANS LE MONDE ENTIER. Je pouvais vivre dans le monde COMME QUELQU'UN

D'AUTRE. Je pouvais éveiller PITIÉ, CONFIANCE, SYMPATHIE, ÉTONNEMENT & CRAINTE avec ce visage. Je pouvais VOUS MANGER LE CŒUR & trouduc vous ne vous en apercevriez même pas.

21

Le téléphone & c'était Maman. M'a questionné sur ma santé & j'ai dit. M'a questionné sur mes cours à l'IUT & j'ai dit. M'a questionné sur ma sinusite & j'ai dit. M'a questionné sur mon travail de gardien (qui était une idée de Papa pour Q... P..., pas de Maman) & j'ai dit.

Est-ce que ma dernière visite chez le dentiste remontait à six mois, a demandé Maman & j'ai dit que je ne savais pas & Maman a dit qu'à son avis ça faisait plus de six mois peut-être bien un an ? & je n'avais pas oublié tous les soins dentaires qu'il m'avait fallu subir il y avait dix ans parce que j'avais négligé de me faire examiner & nettoyer les dents régulièrement n'est-ce pas & j'ai dit & Maman a demandé si elle devait prendre un rendez-vous pour moi ? chez le docteur Fish ? & j'étais là le téléphone à la main & par la porte ouverte & au bout du couloir devant les boîtes aux lettres il y avait celui qui s'appelle Akhil en train de bavarder avec celui qui s'appelle Abdallah & je me suis demandé ce qu'ils disaient. Si j'avais pu les entendre, si la langue qu'ils parlaient avait été la mienne.

22

Impossible de me rappeler où je les avais cachées. Cherchant à tâtons sur les poutres couvertes de toiles d'araignée & d'enveloppes d'insectes desséchées & mes doigts n'ont rien rencontré. DES LUNETTES RONDES & UNE MONTURE EN PLASTIQUE TRANSPARENT. À l'école de l'autre côté de l'allée ses cheveux soyeux & son visage que je regardais & la lumière qui clignait sur les verres comme s'il y avait un LIEN SECRET entre nous.

Sauf qu'il n'y en avait pas.

Ou peut-être que si & il l'a refusé. Me repoussait si je m'approchais trop près dans la queue à la cantine. Bruce & ses amis & je me glissais derrière eux & faisais comme si j'étais avec eux quelquefois je me pressais contre eux, le dos d'un garçon.

BRUCE BRUUCE BRUUUUCE ! je murmurais les doigts dans la bouche & ma bouche contre l'oreiller mouillé de bave.

Une porte s'est ouverte dans mon rêve & j'ai *été* BRUCE.

Ses parents sont venus parler à Papa & Maman. Je me suis caché en entendant leurs voix terribles. Papa a fini par me trouver – *Quentin ! Quen-tin !* – le visage rouge, ses lunettes humides sur son nez & la barbiche frémissante en me découvrant recroquevillé comme une grosse limace derrière la poubelle dans le placard sous l'évier. *Qu'est-ce que c'est que ces façons de te cacher, fils ? Tu crois que tu peux te cacher de moi ?* Il m'a traîné par le bras dans la salle de séjour où Maman était assise le sourire crispé sur le canapé broché couleur crème en compagnie de deux inconnus, un homme & une femme, les parents de Bruce, les yeux comme des éclats de verre dans leurs visages furieux & Papa debout les mains sur mes épaules a demandé d'une voix calme comme un présentateur du journal télévisé si j'avais *délibérément* fait mal à Bruce ? coincé *délibérément* son cou & sa tête dans les chaînes de la balançoire ? & j'ai fourré mes doigts dans ma bouche, j'étais un enfant timide, l'air pas très vif & les yeux écarquillés & la peur toujours prompte à briller dans le regard. Je fixais la moquette & les petits ronds en plastique qui supportaient le poids de la table basse & du canapé pour protéger la moquette & je me demandais s'ils avaient un nom & qui est à l'origine des NOMS, pourquoi nous sommes qui nous sommes & venons au monde de cette façon : l'un de nous BRUCE, & un autre QUENTIN. Maman s'est mise à parler de sa voix aiguë

77

& rapide & Papa l'a interrompue avec calme en disant que c'était moi qui devais parler, j'avais sept ans, l'âge de raison. & je me suis mis à pleurer. Je leur ai dit non c'était Bruce, c'était Bruce qui m'avait frappé, voulu me faire peur en disant qu'il allait m'étrangler avec les chaînes de la balançoire parce que je ne voulais pas toucher son engin mais je m'étais enfui, j'avais couru & je pleurais fort, les genoux & les coudes écorchés & mes habits salis.

& Maman m'a pris dans ses bras, & j'étais tout raide ne voulant pas me serrer contre ses seins, son ventre ni cet endroit doux entre ses jambes.

& Papa a dit que tout allait bien, j'étais pardonné. & les parents de Bruce se sont levés toujours en colère mais ils avaient perdu leur pouvoir. Le père de Bruce a jeté railleur comme un gosse : *& qu'as-tu fait des lunettes de notre fils ?*

23

Maman a appelé. Laissé un message sur le répondeur disant qu'elle m'avait pris un rendez-vous chez le docteur Fish. & aussi si je voulais venir déjeuner dimanche.

Quand le téléphone a sonné, j'étais au deuxième étage dans la chambre d'Akhil un tournevis à la main pour ouvrir en grand l'évent rouillé du poêle qui ne l'était qu'en partie. Accroupi penché en avant & le sang au visage. Akhil est de Calcutta, en Inde. Il est peut-être hindou ? En troisième cycle de physique & peut-être un étudiant de Papa mais jamais je ne poserais la question & Akhil n'établirait pas non plus de rapport entre le GARDIEN de cette maison en jean & sweat-shirt & le PROFESSEUR R… P… qui est si éminent.

Akhil est timide & la peau gris poussière & svelte comme une fille. Vingt-cinq ans au moins mais l'air d'en avoir quinze. Tellement de différence entre leur sang & le nôtre. Vieille civilisation. Comme des singes. Il parle un anglais si doux & chuchoté que j'ai du mal à entendre... *Merci monsieur*. Prends bien soin d'ÉVITER LE CONTACT VISUEL mais à cause de notre gêne mutuelle, je lui ai jeté un coup d'œil & il me regardait, il souriait. Des yeux marron limpides comme doivent l'être ceux d'un singe, un éclat chaud.

Oh Seigneur mes yeux ont coulé le long de son corps, de son corps glissant. Fondu entre ses cuisses. Une flaque miroitante à ses pieds.

Il a été observé que Q... P... se redressait brusquement. Devait quitter cette pièce. La voix forte & américaine & des mouvements gauches mais je crois que c'est ce que n'importe quel GARDIEN de n'importe quelle maison de rapport d'University Heights dirait en pareil cas *Pas de problème, c'est mon travail*.

24

Jeudi Q... P... a eu une journée chargée !

Corvées domestiques à la maison. Petit déjeuner dans la Ford au drive-in Wendy de Newaygo Street. Avalé deux amphés avec du café noir. Revenu dans la 3ᵉ Rue pour aller rendre la cassette d'hier soir à VIDÉO XXX & en louer une autre, récemment sortie. En forme à 10 heures pour mon rendez-vous avec M. T... dans le bâtiment administratif du comté, la vieille aile à côté du tribunal. Où il y a un détecteur de métal & deux assistants du shérif qui vous font de l'œil. & au premier étage service contrôle judiciaire la porte de M. T... est fermée & j'attends quelques minutes & ça va, je suis calme. Me suis rasé hier soir & douché hier matin, ou le jour d'avant. Je porte toujours une cravate, une veste & une ceinture à mon pantalon pour mes rendez-vous avec M. T... Un type noir qui ressemble à Langue-develours attend aussi son contrôleur judiciaire mais je ne veux pas regarder de trop près ni lui non plus.

& M. T… me fait entrer & poignée de main & *Assieds-toi, Quentin, comment va ?* & je dis. *Comment marche ton boulot de gardien ?* & je dis. *& tes cours à l'IUT* & je dis : plutôt bien, un B en Introduction à l'informatique & un B en Introduction à l'ingénierie & M. T… hoche la tête & écrit quelque chose. Ou ne pose pas de question en tout cas.

Me demande comment se passe la thérapie de groupe, si j'y vais bien régulièrement & je dis. Comment ça se passe avec mon thérapeute privé & je dis.

& mes médicaments ? *Tu prends toujours tes médicaments ?* & je dis.

Me raconte que le fils de sa sœur a obtenu un diplôme d'ingénieur électricien à l'IUT de Dale & trouvé un bon emploi de départ chez GE à Lansing.

Me raconte que pour notre prochain rendez-vous il regrette mais il sera en vacances & on le reporte donc à dans quatre semaines même lieu même heure d'accord ?

Une poignée de main à la fin de l'entrevue. & il est observé que Q… P… se montre poli & respectueux OUI MONSIEUR. NON MONSIEUR. AU REVOIR MONSIEUR.

En quittant le bureau de M. T… je vois le type noir qui ressemble tellement à Langue-de-velours sortir lui aussi de chez son contrôleur & je ralentis pour le laisser arriver à l'ascenseur le premier & le prendre sans moi.

AUCUN CONTACT VISUEL DANS CET ENDROIT.

Puis en route pour le cabinet du docteur Fish à Dale Springs. La voie express vers le nord. La rive du lac. Couleur fer-blanc & le ciel pareil. Rendez-vous à 11 h 30, même cabinet dans le même bâtiment que depuis des années. La réceptionniste est nouvelle & ne me connaît pas ni l'assistante, asiatique-américaine avec un visage plat & la voix voilée, me fait entrer & met son masque de gaze & des gants en caoutchouc & m'assoit dans le fauteuil & me prépare pour des radios & un détartrage & je suis un peu raide & elle descend le fauteuil, un sifflement pneumatique & mon estomac se soulève & mes yeux s'ouvrent d'un coup & la fille me regarde *Pardon ! Je suis allée trop vite ?* Juste un instant j'ai été BALAISE en train de basculer ou YEUX-RAISIN ou qui ça... PATTES-DE-LAPIN. & j'ai vu Langue-de-velours à ma place dans mon corps dans ce fauteuil & c'était comme si mes yeux étaient les siens ! Mais ça passe. Tout va bien. La fille pose le bavoir en plomb sur mon torse pour me protéger des rayons X & quand elle arrange le petit carton de la radio dans ma bouche ça me donne envie de vomir mais je tiens bon, je suis calme. La fille dit *Ne bougez pas, s'il vous plaît* & sans bruit quitte la pièce & fait bourdonner la machine. Il se pourrait que Q... P... soit photographié &/ou filmé ici, que le cerveau de Q... P... soit radiographié & les négatifs envoyés aux bureaux du comté & à East Lansing, la capitale du Michigan

& au FBI dans le District of Columbia & à Papa c/o Département de physique, Université d'État de Mont-Vernon. Mais je ne suis pas agité, je suis calme & sans méfiance. Je n'ai rien à cacher. L'incident avec le jeune Noir était le premier délit de Q... P..., & une condamnation avec sursis a suivi, pas de prison en dehors du passage au centre de détention... C'EST LA VERSION OFFICIELLE. Visage-plat au masque de gaze revient & je suis presque endormi tellement calme & elle sort le petit carton de la radio & en place un autre & quitte de nouveau la pièce & refait bourdonner la machine. & encore. & encore. LE JOUR OÙ Q... P... A COMPRIS POUR LA PREMIÈRE FOIS QUE TOUT ARRIVE ENCORE & ENCORE. & CERTAINS SAVENT, & CERTAINS NE SAVENT JAMAIS. En sixième, quand mon ami Barry est mort. Quand J'AI ARRACHÉ LES AIGUILLES DE LA PENDULE. Visage-plat revient & l'étape suivante consiste à nettoyer mes dents & à passer le fil dentaire, ce qui prend longtemps. Quelque part il y a des picotements & des brûlures dans la bouche de quelqu'un mais je suis presque endormi. *Vous pouvez vous rincer,* & je me réveille me rinçant la bouche les yeux fermés pour ne pas voir le liquide teinté de sang. Les gencives de quelqu'un cuisent & saignent. Cela dure un certain temps & finalement c'est fini & le docteur Fish en personne entre & il porte aussi un masque de gaze & des gants en caoutchouc & j'ai un petit frisson, une excitation comme une piqûre dans le sexe, derrière le masque & les lunettes on ne sait pas que le docteur Fish est un vieux type d'une cinquantaine d'années au moins, des cheveux encore impeccables à moins qu'ils soient teints ?... & il regarde la fiche que l'assistant lui a tendue & les radios & me demande comment je vais, comment va la famille Quentin, & le lycée, il me confond avec ma sœur Junie mais ça ne fait rien. Le docteur Fish examine ma bouche, rapide & les sourcils froncés & de près on voit les poches de tortue qu'il a autour des yeux. Voici l'homme capable de lire au fond de votre âme. *Tu peux te rincer Quen-tin.* Posant un des instruments en argent sur un plateau sur un tampon de ouate, & la pointe est luisante de sang. Excité & la nausée, je me rince la bouche & ne peux pas m'empêcher de voir des vrilles de sang dans l'eau, je suis faible & excité & aimerais voir les mains du docteur Fish & cet instrument en argent dans la bouche de Q... P... comme sur une vidéo ! *Pardon si je te fais mal, Quen-tin,* dit le docteur Fish, c'est sa bouche qui le dit, un autre instrument à la main, *tu ne t'es pas fait examiner depuis un bout de temps, hein ?... presque trois ans. J'ai bien peur que tu aies plusieurs caries & peut-être un début de pyorrhée.* Puis l'examen est terminé & le docteur Fish enlève son masque de gaze & ses gants en caoutchouc & demande en souriant si j'ai des questions ? des questions ? & il s'apprête à passer au patient suivant dans la salle voisine & maladroit-mal assuré je me lève & le docteur Fish me regarde & aucune idée de question ne me vient & il se détourne & j'en trouve une.

« Est-ce que les os flottent ?
— Pardon ?
— Les os. Est-ce que les os flottent ? »
Le docteur Fish me dévisage & cligne des yeux une fois, deux fois. « Quel genre d'os ?... Humains ou animaux ?
— Il y a une différence ?
— Eh bien, ma foi, peut-être. » Le docteur Fish hausse les épaules & fronce les sourcils, j'ai l'impression qu'il cherche à gagner du temps parce qu'il ne connaît pas la réponse. « Cela dépend aussi si les os sont lourds ou desséchés, tu vois... creux & légers. Dans ce cas, ils flotteraient, j'en suis certain. » Un silence & il ajoute : « C'était bien flotter dans l'eau que tu voulais dire ? » & je hoche la tête vaguement & il est déjà à la porte, un petit geste de la main comme une nageoire thalidomidée : « Bon, alors on se revoit la semaine prochaine, Quentin ? »

Il était déjà convenu que la note serait envoyée à Maman. Inutile que je m'arrête à la réception. La réceptionniste m'a rappelé étonnée demandant si je souhaitais prendre un rendez-vous ? & j'ai marmonné que non, je téléphonerais. & hors de là, & de cette odeur, en vitesse. & dans la fourgonnette capable de respirer & sur le chemin de North Church Street il m'est venu à l'esprit que Fish Face-de-raie n'y connaissait que dalle en os. Les dentistes ne sont pas des médecins. Ni des savants d'aucune sorte.

N'en savait probablement pas davantage que Q...
P...

Un SOUVENIR de la visite, tout de même, dans ma poche.

25

SACRÉMENT EMBÊTÉ de manquer autant de cours à l'IUT. Je ne sais pas comment ça arrive. Surtout que je suis décidé à *repartir du bon pied* cette fois.

Sauf que dans mon cours d'introduction à l'ingénierie, j'ai raté le premier examen, obtenu 34 points (« F »). & ne me suis pas présenté au second. & quand je suis allé au labo d'informatique pour rattraper mon retard, il y avait une odeur louche bizarre de formol qui était peut-être une farce. (Pour le morceau de BALAISE que j'avais conservé, il y a deux-trois ans, il m'avait fallu au moins un litre de formol & je m'en étais procuré dans un labo de biologie de Mont-Vernon en me faisant passer pour un étudiant, avec ma barbiche adhésive & de grosses lunettes & une serviette on me prend pour un étudiant de troisième cycle n'importe où.) & le professeur est un jeune type qui me traverse du regard comme s'il y avait un vide à ma place.

Papa a payé mes cours & j'ai insisté pour le rembourser sur mon salaire de gardien dès que la situation sera plus calme. Je dois encore de l'argent pour la Ford & il y a d'autres dépenses. Maman dit que je paie trop facilement pour les amis & prête de l'argent qui ne sera jamais remboursé, je suis comme elle j'ai un *grand cœur* dit-elle & pas beaucoup de *talents de gestionnaire*. Depuis les problèmes de l'an dernier – l'arrestation & le procès & la condamnation avec sursis, etc. – Papa me considère différemment je crois, je n'en suis pas sûr à cent pour cent parce que lever les yeux vers les siens m'intimide mais on dirait qu'il a peur de moi alors qu'avant il était impatient & toujours en train de critiquer. Comme si Q... son fils unique était un étudiant qui échoue à un de ses cours. Pourtant je crois qu'il pense que nous avons tous eu pas mal de chance comme a dit mon avocat. D'accord, il est honteux pour la famille P... que Q... soit un *délinquant sexuel « reconnu »* mais au moins Q... n'est pas incarcéré à la prison d'État de Jackson. Au moins sa « victime » de douze ans n'a pas été blessée. Ou pire. Papa disant *Considère ça comme un investissement dans notre avenir commun, fils ! Tu me rembourseras quand tu pourras*. La mâchoire crispée comme s'il avait le tétanos mais il sourit, son petit trou du cul rose ridé de bouche sourit & ses yeux de professeur sont mouillés derrière ses lunettes.

Maman me serre dans ses bras & se met sur la pointe des pieds pour embrasser ma joue. Elle a des os comme des brindilles sèches que je pourrais casser alors je me tiens très droit & immobile sans respirer pour sentir son odeur. Ce qu'est cette odeur je ne sais pas & ne nomme pas. Maman était une femme replète autrefois avec de gros seins doux comme des ballons remplis d'un liquide chaud à moins que je me souvienne mal d'elle. Le docteur E... dit que toutes les mères sont grosses dans notre souvenir parce que nous étions de petits enfants tétant le sein. Le docteur E... dit qu'il y a le BON SEIN & le MAUVAIS SEIN. Il y a la BONNE MÈRE & la MAUVAISE MÈRE. *Tu sais que nous t'aimons Quentin* dit Maman comme une bande magnétique quand on appuie sur un bouton *Cette fois tout ira bien.*

Je dis : *Oui, Maman.*

Je dis : *Tu peux compter sur moi, Maman.*

Depuis dix mois à peu près je vais à Dale Springs & emmène Maman & grand-mère à l'église, & il m'arrive de rater des dimanches en ce moment mais j'ai l'intention de reprendre cette habitude bientôt. Maman dit : *Cette fois tout ira bien. Si Dieu le veut.* & grand-mère dit : *Cette fois tout ira bien. Si Dieu le veut. Amen.*

26

SAUF QUE : les vieux rêves reprennent dans ce nouveau lit dans cette maison où je venais si souvent petit garçon, Junie & moi les petits-enfants adorés de grand-mère & grand-père. Ils n'ont jamais connu Q… P… mais ils disaient l'aimer. Ces vieux rêves maintenant que j'ai arrêté de prendre mes médicaments, je me réveille avec une ÉRECTION de la taille d'une FUSÉE & ça grésille-explose éclate COMME LA QUEUE D'UNE COMÈTE. Mon sperme est épais & grumeleux & brûlant-collant sur les draps, les rideaux, la boîte de pizza en carton & les serviettes de chez Enzio que j'ai pliées en petits carrés & glissées dans le lit d'Akhil (qui n'était pas bien fait, moins bien qu'on s'y serait attendu) un après-midi où la maison était vide.

Je me réveille dans mon lit de gardien au rez-de-chaussée du 118, North Church Street en train de trembler-gémir sous l'ORGASME qui me secoue comme une décharge électrique. En train de rêver que je suis attaché sur le fauteuil du dentiste & abaissé impuissant & des couteaux & des crochets dans la bouche au point d'être étouffé par mon propre sang. Ça va mieux une fois que je me lève & mets « Bonjour l'Amérique » à la télé & je fais du café noir & avale quelques amphés que je trouve dans la rue quand j'en ai besoin. & je me rappelle que le cours d'informatique avait lieu la veille. Ou je pars en fourgonnette pour l'IUT & c'est le mauvais jour, ou le bon jour mais la mauvaise heure. Parce que le Temps est comme un ténia entortillé à l'intérieur de vous dans tous les sens. Alors je continue quand même une fois que la camionnette ROULE dans cette direction par superstition je n'aime pas changer de route sur un simple coup de tête.

& s'il y a un auto-stoppeur sur la route, souvent juste à la sortie de la voie express je m'arrête généralement pour le prendre & je l'observe aussi détaché qu'un savant en évaluant le genre de zombi qu'il pourrait faire. Mais je ne suis jamais tenté si près de la maison. & à l'IUT de Dale, ce trou merdeux minable que tout le monde à l'université y compris le professeur R... P... regarde de haut je me gare sur le parking C pour lequel j'ai un autocollant & traverse le « campus » (juste du béton & des bandes de pelouse pelées & des arbres-piquets les trois quarts morts cet hiver) en me disant *Bon ! je vais aller voir mes profs* pour expliquer qu'il y a quelqu'un de malade dans la famille, ma mère se bat contre le cancer ou Papa a des ennuis cardiaques mais je n'arrive pas à trouver leur bureau ou si je le trouve c'est dans le mauvais bâtiment ou dans la mauvaise aile du bon bâtiment & le temps que j'arrive dans le bon bureau il est fermé, porte verrouillée, l'enfoiré a fini sa journée. Ou alors je dévie de mon chemin en suivant des jeunes types de mon cours d'ingénierie au club des étudiants où je bois des tasses de café noir à en avoir les yeux qui tournoient comme des soleils assis à regarder autour de moi QUELQU'UN ME CONNAÎT ? QUELQU'UN VEUT ME TENIR COMPAGNIE ? louchant pour voir si je reconnais quelqu'un, si je peux m'asseoir près de certains d'entre eux, parce qu'ils sont dans mon cours d'ingénierie peut-être ou d'informatique ou que je ressemble suffisamment à quelqu'un qu'ils connaissent & donc je peux. J'ai des livres de cours, on dirait, & les cheveux coupés & pas en queue-de-cheval ni lâches sur les épaules depuis l'arrestation bien que je porte le chapeau mou en cuir branché de YEUX-RAISIN & que les gants en cuir fourrés de peau de lapin de PATTES-DE-LAPIN soient dans la poche de ma canadienne à 300 $ & que mes verres ambre sport soient fixés sur la monture de BALAISE de sorte que j'ai l'air sacrément cool je trouve pour un Blanc timide de plus de trente ans, le menton fuyant & le front qui se dégarnit. & c'est bizarre comme les étudiants de l'IUT sont amicaux, & confiants. Comme si du moment qu'on est inscrit & étudiant on est l'un des leurs & point final. Tous font le trajet deux fois par jour comme moi parce qu'ils habitent Mont-Vernon ou le comté & la plupart travaillent à temps partiel ou même à plein temps, comme moi. Il arrive même qu'une fille approche une chaise & s'assoie à ma table si elle connaît quelqu'un qui est avec moi. En disant *Salut !* avec l'entrain d'une supporter d'équipe scolaire. Comme ces filles du lycée de Dale Springs qui traversaient Q… P… du regard ces années-là comme s'il n'existait pas. *Tu ne serais pas dans mon cours d'informatique ?… J'ai l'impression de t'avoir déjà vu.*

Je devrais signaler mes bottes en chevreau faites à la main un tout petit peu trop grandes pour moi cadeau du Coq. Aperçu pour la dernière fois dans le quartier grec, à Detroit, le week-end de Thanksgiving 1991.

Jamais je n'ai choisi aucun spécimen dans Mont-Vernon & ses environs, à l'exception du petit Noir de la cité HLM Roosevelt que je ne compte pas. Mais c'est une idée futée de ne pas perdre la main en discutant avec eux. Quoique j'écoute surtout. Pour apprendre leur langage, leur argot. *Genre,* ils disent *cool, c'est cool !* tous les deux, trois mots. *Ça craint, foutu, zarbi, défoncé, rétro, d'enfer, dément, glauque* : les mots ne changent pas tant que ça, & il n'y en a pas beaucoup. C'est plutôt la façon dont ils bougent les mains, la bouche, les yeux. Bien que j'évite leurs yeux sauf si je porte mes lunettes de soleil en plastique noir.

Quelquefois comme dit Maman je suis trop généreux & paye à déjeuner ou les bières ou autre chose. Ou même je prête de l'argent. & en raccompagne un ou deux chez eux quelquefois s'ils ont raté leur bus en faisant un détour de quelques kilomètres dans des banlieues que je ne connais pas & *Pas de problème !* je dis & dans ces cas-là on se rappellera la gentillesse de Q… P…, mon visage & la fourgonnette Ford avec une décalcomanie du DRAPEAU AMÉRICAIN sur la vitre arrière. Si j'avais besoin d'un témoin de moralité (dans un procès par exemple) on se souviendrait de Q… P… de l'IUT de Dale Springs & du fait qu'il était gentil.

J'ai prêté ma canadienne à un petit Chinois maigre un soir d'hiver glacial, sans rien demander. & il me l'a rendue, deux semaines plus tard peut-être mais il l'a rendue. Un étudiant en ingénierie appelé « Tchou » ou « Tchi » avec le son *ping !* dans son nom. & des yeux noirs brillants & il n'avait pas l'air aussi jeune & innocent que la plupart d'entre eux mais quand il a dit *Merci, mon vieux* j'ai seulement marmonné *De rien*.

27

La dernière fois dans mon appartement de Reardon Street je courais des risques en ramenant SANS-NOM à la maison. L'ai ramassé sur l'I-96, à la sortie de Grand Rapids mais il disait être de Toledo & se rendre dans l'Ouest. Luttant contre la drogue les yeux roulant sur le côté comme des billes. *Hé mec j'ai pas envie de faire ça d'accord ?... Laisse-moi partir mec* & je lui ai dit que je voulais qu'il reste avec moi comme si on était des amis, des frères, je lui ai dit que je le paierais bien & qu'il ne serait pas déçu & il suait disait *Je suis cool mec j'en parlerai à personne je le jure mais laisse-moi sortir d'ici s'il te plaît... d'accord ?* & j'ai serré la corde jusqu'à ce que ses gros yeux saillent & que sa peau devienne prune cendrée & les lèvres dont je ne pouvais détacher les yeux étaient cendreuses & ça me traversait de part en part comme de l'électricité IL SAIT ! MAINTENANT IL SAIT ! IMPOSSIBLE DE REVENIR EN ARRIÈRE ! qui est le point à atteindre. Le seuil du trou noir qui vous aspire.

Une fraction de seconde avant & vous êtes encore libre mais une fraction de seconde plus tard & vous êtes aspiré dans le trou noir & perdu. & le sexe dur comme une matraque. & gros comme une matraque. & les étincelles dans mes yeux. & je ne bégayais pas comme lorsqu'il était monté dans la fourgonnette épiant Blanchot cool & le sourire assuré genre *Je suis là, mec, qu'est-ce que tu comptes y faire ?* À l'arrière le vieux manuel usé *Éléments de géophysique* pour donner de faux indices, & ma moustache laineuse adhésive & les cheveux séparés par une raie soignée-bizarre haut sur le côté gauche de ma tête & dans le bar de Grand Rapids où nous avons bu quelques bières c'est lui qui a parlé tout le temps & moi j'écoutais en silence & si quelqu'un nous a vus c'est SANS-NOM qu'il a vu & un type blanc quelconque qui n'a jamais été là.

Puis à la maison avec moi & la promesse d'un bain chaud, repas cuisiné vodka & draps propres, etc. SANS-NOM tout sourire croyant se faire sucer par Blanchot & être payé pour sa peine & peut-être soulager Blanchot de ses affaires mais ça ne s'est pas passé comme ça & la panique dans son regard le disait. J'ai dit : *Je ne suis pas un sadique, je ne suis pas un tortionnaire, je te trouve superbe, je te demande de coopérer & je ne te ferai pas de mal*. J'étais excité, j'ai dû me déboutonner. Il a vu, & il a compris. On comprend même quand on ne comprend pas. Je lui avais donné deux barbituriques écrasés dans de la vodka. Mais ils ont mis du temps à agir & il se débattait & j'ai dit x fois *Je ne te ferai pas de mal* j'ai dit *si tu restes tranquille*. Mais se débattre rendait les choses pires pour lui & il ne coopérait pas. Il pleurait, j'ai vu que c'était juste un gosse. Dix-neuf ans peut-être & il avait joué les types plus âgés, tellement cool ! Enfoncé l'éponge de la cuisine dans sa bouche & vu briller une dent en or. Il étouffait presque alors il fallait que je fasse attention, je ne voulais pas le perdre. Il était attaché solidement pour sa propre sécurité, il était drogué & aurait déjà dû être anesthésié mais ça prenait trop longtemps. Avant de faire leurs lobotomies les médecins bombardaient leurs patients d'électrochocs pour leur faire perdre conscience mais moi je n'avais pas le courage j'avais peur d'électrocuter & SANS-NOM & moi. Il était dans la baignoire maintenant tout nu & l'eau coulait & ça le terrorisait IL SAIT ! IL SAIT ! même avant de voir le pic à glace. Un gosse souple sinueux avec cette dent en or… vraiment BANDANT. Des cheveux frisés roussâtres & un éclat rouge sombre à sa peau. Comme du cirage sang-de-bœuf, le cirage que Papa utilisait il y a des années à la maison. Beau gosse en fait SUPERBE & ils le savent mais c'est trop tard une fois que Q… P… s'en mêle. Je lui ai immobilisé la tête dans le valet & appuyé le pic à glace (que j'avais stérilisé sur la plaque chauffante de la cuisinière) contre son œil droit comme indiqué sur le dessin du docteur Freeman mais quand je l'ai inséré dans l'« orbite osseuse » SANS-NOM a paniqué crié à travers l'éponge & le sang a giclé & j'ai joui, j'ai perdu mon sang-froid & j'ai joui, si fort que je continuais à JOUIR & JOUIR COMME UNE CONVULSION sans pouvoir m'arrêter ni même respirer je gémissais & suffoquais & quand ç'a été fini & que j'ai repris mon sang-froid j'ai vu les dégâts : ce foutu pic à glace enfoncé jusqu'à la garde dans l'œil de SANS-NOM dans son cerveau & le petit Noir agonisait, il était mort, un flot de sang comme un saignement de nez géant, encore un bide & PAS DE ZOMBI.

28

& puis se débarrasser de. Le poids de.

SI LOURD. Comme s'ils le faisaient exprès, qu'ils RÉSISTENT.

Enveloppé nu dans des sacs-poubelles verts & attaché avec des cordes & à l'extérieur enveloppé dans de la toile & attaché avec du fil de fer d'emballage. Traîné de nuit en cachette & avec beaucoup de précautions. En bas de l'escalier & dans la fourgonnette soigneusement préparée pour cette cargaison. SI LOURD ! Q… P… sue même par temps froid. Soulever des haltères & m'entraîner dans une salle de gym comme je fais de temps en temps & compte faire de façon régulière comme recommandé par tous les thérapeutes que j'aie jamais eus n'a pas développé les muscles que je souhaitais dans le haut du corps & les cuisses.

Se débarrasser de ces types SUPERBES, c'est DÉPRIMANT.

Ça me donne le cafard si je ne fais pas attention, m'oblige à reprendre ma batterie de médicaments. & ces foutus médicaments ont des effets secondaires alors ils vous possèdent de toute façon.

Q... P... respecte toujours les limitations de vitesse & toutes les règles de la circulation. Qu'il y ait des *marchandises de contrebande* dans la camionnette ou pas. Parfois des conducteurs impatients le klaxonnent parce qu'il roule lentement (par exemple par temps de pluie, sous la neige) dans la file de droite. Mais pas de réaction. Pas question de baisser la vitre & de les injurier ni de brandir le calibre .38 & de tirer dans le visage étonné de quelqu'un COMME ON FAIT À DETROIT, MEC !

Une décharge publique est ce qu'il y a de plus indiqué bien sûr parce que le sol est déjà travaillé. & loin de la maison : cent, cent cinquante, deux cents kilomètres, c'est la règle de Q... P... L'effort supplémentaire en vaut la peine comme d'acheter des moustaches, une perruque ou des favoris nouveaux chaque fois. Les terrains vagues, les zones boisées près des parcs... risqué parce que les gosses y jouent, & les chiens. Les chiens sont votre ennemi naturel si vous ne creusez pas assez profond. Mais une région marécageuse au-delà de l'autoroute dans un endroit désert où personne ne va ce n'est pas mal & lesté avec un démonte-pneu & du fil de fer d'emballage jeté dans une eau profonde... SANS-NOM a été jeté dans une rivière de la forêt nationale de Manistee à l'est de la Crystal Valley.

& pas une ride, & pas un mot. Jamais d'article dans le journal. Pas de nécrologie. Il avait un nom en fait mais il ne lui allait pas.

Ce souvenir seulement que je garde de lui : un des porte-bonheur les plus précieux de Q... P...

DENT EN OR (TAILLE RÉELLE)

Combien de fois. Je conserve des souvenirs mais pas de notes. Le cadran de ma pendule n'a pas d'aiguilles & Q... P... n'a jamais été du genre à être obsédé par des personnalités ou le passé, LE PASSÉ EST PASSÉ & on apprend à aller de l'avant. Je pourrais être un NOUVEAU CHRÉTIEN voilà ce que je me dis quelquefois, & peut-être que j'attends cet appel.

Dans l'intervalle j'ai le sous-sol de la vieille maison de mes grands-parents confié à moi en qualité de GARDIEN.

29

Un peu d'écœurement dans l'air, à force de senteurs sur terre...

Une anthologie de la poésie anglaise oubliée par quelqu'un & je l'ai feuilletée dans le club des étudiants, pas celui de l'IUT mais celui de l'université où je passe quelquefois en début de soirée & ces mots d'un poème de « Gerald Manley Hopkins » m'ont sauté au visage & résonné comme la cloche du conservatoire de musique.

Parce que maintenant c'est le printemps, le mois d'avril & la première année de mise à l'épreuve de Q... P... est terminée.

30

Papa & Maman & les parents avaient honte mais C'EST COMME ÇA QUE ÇA SE PASSE a dit mon avocat, celui de Papa en fait, *payé* par Papa. C'EST COMME ÇA QUE ÇA SE PASSE.

Si votre fils avait comparu devant un juge noir, ou une femme juge… cela aurait pu être bien pire.

Q… P… a été autorisé après négociations (auxquelles Q… P… n'a pas participé) à plaider coupable de *délit sexuel contre un mineur*. Mon avocat & celui de la partie plaignante ont mis ça au point entre eux. & le juge L… s'est montré compréhensif. Tout le monde disait quand de l'argent change de mains & que c'est la parole d'un Blanc manquant d'expérience, célibataire, trente ans, contre les accusations d'un gosse noir de la cité HLM & que ce gosse, âgé de douze ans, est élevé par une mère célibataire vivant de l'aide sociale, il n'est pas très difficile de deviner ce qui s'est probablement passé. Ni quel genre de « justice » est demandé.

Plaidez simplement coupable, c'est arrangé & tout se passera bien.

Mais si mon fils est innocent ?... Quelle parodie !

Quentin ne ferait jamais *une chose pareille. C'est mon fils, mon enfant & je le sais.*

D'accord, Quentin ? Entendu ?

En fait Q... P... était visiblement honteux & repentant & avait « compris la leçon » : un coup d'œil sur lui, ses paupières granuleuses & rougies, ses lèvres desséchées, on le savait.

Deux ans... avec sursis. Psychothérapie, assistance psychosociale. Visites régulières au contrôleur judiciaire. D'accord ?

Les larmes aux yeux devant le juge L... & les mains dans les poches, dans la poche droite de mon pantalon tripotant ma DENT EN OR porte-bonheur & Papa m'a murmuré d'enlever les mains de mes poches, s'il te plaît. & je l'ai fait, j'ai remercié le juge L... de sa compréhension etc. comme l'avait conseillé mon avocat. & en quittant son cabinet j'avais du mal à respirer & Papa m'étreignait le coude. *Courage, fils* ce sont ses mots exacts *tout va bien maintenant & nous rentrons à la maison.* & dans la salle de tribunal vide, Maman & grand-mère & Junie & le révérend Horn qui est un ami intime de grand-mère & qui s'est porté « garant » de Q... P... devant le juge L... attendaient. Je portais un nouveau costume à petits carreaux marron & une cravate beige à fines rayures rouges & mes cheveux avaient été coupés taillés bien proprement autour des oreilles & sur la nuque & je n'avais pas mes lunettes sport sexy mais les transparentes à monture en plastique & je ne pleurais plus maintenant mais souriais & embrassais mes parents comme on est censé le faire dans ces moments-là. J'ai serré la main du révérend Horn *Merci, merci, je suis si heureux, si reconnaissant. Merci d'avoir eu foi en moi.*

Nous étions dehors maintenant. Une pluie chaude me mouchetait le visage.

C'est alors que Papa m'a tendu les clés de sa Lexus 1993. Que je n'avais encore jamais conduite. J'ai compris que c'était pour me montrer la confiance que Papa avait en moi, & la famille aussi & que je ne les décevrais plus jamais. & en quittant la ville délabrée pour longer le lac jusqu'à Dale Springs où les maisons sont spacieuses & situées sur de grands terrains boisés & les rues sont bordées d'arbres & bien entretenues j'éprouvais vraiment le sentiment de RENTRER À LA MAISON & D'ÊTRE AIMÉ & je respectais la limitation de vitesse à 60 km/h sans faire attention aux autres conducteurs qui me collaient & klaxonnaient & me doublaient avec impatience. Junie qui est toujours ma Grande Sœur même aujourd'hui âgée de trente-cinq ans & principale d'un collège, avec un sourire tendre pour son petit frère, a dit : *Quen a toujours été le meilleur conducteur de la famille* puis ajouté, très vite : *... & c'est toujours le cas, pas vrai, Quen ?* J'ai souri dans le rétroviseur. *Oui, Junie.*

Il y a toujours eu des liens particuliers entre ma grande sœur & moi. De son côté en tout cas.

En route pour la maison, mon ancienne maison où j'étais toujours le bienvenu mais pour laquelle j'étais devenu trop âgé oui mais Q... P... *est* toujours le bienvenu là-bas & peut-être que les conseils des parents ont du bon. Une de ces journées venteuses chaudes-pluvieuses du mois d'avril. Le ciel des Grands Lacs comme des replis blanc grisâtre de matière cérébrale. Papa assis à côté de moi dans cette superbe auto qui roule sans heurts & il porte un costume sur mesure & n'est pas mal pour un vieux type de son âge en train de se caresser le menton là où, il y a longtemps, poussait sa barbiche. & à l'arrière Maman, grand-mère & Junie bavardent ensemble & les larmes de Maman & les autres la réconfortent & en tournant dans Lakeview Boulevard pour nous ramener à la maison je me rappelais à peine pourquoi j'étais aussi heureux & me sentais aussi libre en pensant à BITTE-NOIRE, un petit pénis ratatiné timide comme un bébé lapin, écorché. Je l'avais serré dans ma main en en chatouillant le bout avec la pointe du pic à glace mais les cachets n'avaient pas encore agi parce que j'étais impatient & avais manqué de jugement (rétrospectivement je sais... j'étais ivre) & le gamin pris de panique commençant à hurler en se débattant comme un animal furieux enfonçant la porte arrière verrouillée de la fourgonnette Ford DIEU M'EST TÉMOIN QUE JE NE SAIS PAS COMMENT. & nu avec seulement son tee-shirt sale courant dans la rue en hurlant comme une sirène d'incendie de plus en plus fort. MON ZOMBI !

Il n'avait pas demandé un sou, il était confiant comme un chien. Pourtant Q... P... ne pouvait pas avoir confiance en *lui*.

Du siège arrière elles me posaient une question & je n'écoutais pas comme on n'écoute pas les femmes en général mais j'ai dû répondre comme il fallait, c'était peut-être à propos de ce travail de gardien ou peut-être qu'elles aimaient ma coupe de cheveux. & Papa a posé la main sur mon épaule. Pour la première fois en conduisant ce jour-là j'ai cru sentir le mouvement de la Terre. La Terre fonçant dans le vide de l'espace. Tournant sur son axe mais il paraît qu'on ne le sent pas, qu'on ne peut pas s'en apercevoir. Mais le sentir c'est être effrayé & heureux en même temps & savoir que rien n'a d'importance mais qu'on fait ce qu'on veut faire & qu'on *est* ce qu'on fait. & je savais que j'entrais dans l'avenir. Il n'y a pas de PASSÉ où l'on puisse aller, pour changer les choses ou même pour savoir ce qu'elles étaient mais il y a incontestablement un avenir, on y est déjà.

Comment les choses
se passent

31

Je l'ai appelé ÉCUREUIL. C'était mon nom secret & le nom sous lequel vous le connaissez peut-être n'a aucun rapport.

Q... P... ne voulait pas qu'une chose pareille arrive. ÉCUREUIL n'était pas un choix judicieux pour un spécimen. Je le savais, & l'ai toujours su. J'étais résolu (je me suis fait la leçon combien de fois !) À CE QUE ÇA NE SE PRODUISE PAS. Quiconque ayant une famille qui s'occupe de lui, blanc & banlieusard & habitant Dale Springs !

C'est en grande partie la faute de grand-mère. Ça lui ferait de la peine de le savoir mais c'est ainsi. Bien entendu, ni Q... P... son unique petit-fils, ni personne d'autre ne révélerait une vérité aussi cruelle à une femme aussi vieille.

J'ai peut-être tort de dire que c'est la *faute* de grand-mère, je pense que ce n'est probablement celle de personne. C'est superstitieux & rétro de penser en termes de *faute,* de *responsabilité,* de *culpabilité.* La nuit dernière voir à la télé la comète Shoemaker-Levy 9 heurter Jupiter me l'a confirmé. Papa m'a invité à venir regarder *cet événement historique* avec eux à la maison mais j'ai dit *Merci, Papa, j'ai trop de travail (du travail que je fais pour* toi, *Papa,* c'était le message) & suis resté dans mon appartement merdeux de gardien à manger mon sandwich italien épicé de chez Enrico & me suis bourré la gueule avec deux bouteilles de gros rouge. Ils ont dit que les explosions sur Jupiter étaient des millions de fois plus fortes que tout ce que l'homme a fait exploser sur Terre mais c'étaient juste de petits nuages noirs sur l'écran. Des éclairs & des boules de feu & des panaches de flammes. Des traînées de météore à des millions ou des milliards de kilomètres de distance entrant en collision avec l'atmosphère de Jupiter & explosant. Le fragment Q s'est désintégré à peu près au moment où je m'endormais.

Où est la FAUTE dans ces panaches de feu. Qu'ils explosent sur Jupiter ou sur la Terre. Qu'ils soient prédestinés par l'Univers depuis le commencement des temps ou de fabrication humaine. Donc ce n'est pas la FAUTE de grand-mère. J'ai tort d'en vouloir à une femme aussi vieille. Qui est si gentille avec moi.

Ça s'est passé comme ça. Grand-mère a demandé si je voulais bien lui servir de chauffeur parce qu'elle ne conduit plus & ça ne me dérangeait pas… de temps en temps. (Parce que grand-mère me payait, bien sûr.) Est-ce que je voulais bien la conduire chez une autre vieille ou rendre visite à de pauvres vieux infirmes dans une maison de retraite & l'attendre & la raccompagner & ça ne me dérangeait pas. Si j'étais libre & n'avais pas trop de corvées merdeuses de gardien à faire à la maison ou de travail pour l'IUT. (En fait le semestre était fini, les cours terminés.) & puis grand-mère a eu l'idée de m'embaucher pour s'occuper de son jardin, tondre la pelouse (qui fait à peu près 2 000 m^2) & tailler les haies & mettre de l'engrais dans les parterres de roses etc. & ça ne me dérangeait pas en théorie. Grand-mère me payait 50 à 75 $ cash pour quelques heures de travail à peine & je n'avais pas besoin d'être très minutieux, elle ne sortait jamais vérifier. Une opération de la cataracte ou un truc de ce genre à un œil ou aux deux alors peut-être qu'elle ne voyait pas très bien & je n'ai pas demandé. Grand-mère me glissait ces billets en disant *C'est entre toi & moi, Quentin. Notre petit secret !* Ce qui voulait dire que ni Papa ni le fisc ne sauraient.

Peut-être que grand-mère se sentait seule & que c'est pour ça. Voulait que je reste à dîner etc. Il y avait une autre vieille femme, une veuve qui était une amie de grand-mère & quelquefois je la raccompagnais chez elle & elle me payait elle aussi. Comme un taxi. Dans ma fourgonnette Ford 1987 avec la décalcomanie du drapeau américain sur la vitre arrière.

32

Même avant ÉCUREUIL c'était une saison de projets !... bourdonnant dans ma tête comme des idées venues du cosmos ! Je me réveillais dans ma camionnette sans savoir où j'étais sur le parking d'un bar dans une ville impossible à reconnaître & c'était le matin & un soleil violent martelant dans les yeux comme des aiguilles... & parfaitement calme vérifiais l'arrière de la Ford, les sacs-poubelles & les feuilles en plastique bien pliés etc., & ne trouvais aucune preuve. Ou je me réveillais dans mon appartement de gardien mais pas dans mon lit, sur le canapé tout habillé avec la braguette ouverte & ma bitte dressée à l'air, la télé marchant fort & c'était le matin d'un jour inconnu, des boîtes ou des bouteilles de bière vides sous mes pieds, & des cafards qui détalent sur les croûtes de pizza & le carillon si doux du conservatoire de musique, comme si quelque chose de MIRACULEUX était arrivé pendant mon sommeil ! Une voix disait *Si tu descends dans la cave, Quentin, il t'attend.*

Qui ? Qui m'attend ?
Tu sais qui.
Mon ZOMBI *? Mon* ZOMBI *?*
Mais la voix disparaissait dans les publicités de la télévision & les bruits de pas au-dessus de ma tête & de tuyauterie. & à côté dans la cuisine Gros-Noir (comme je l'appelais) du Zaïre écrasant les cafards avec un journal roulé. Ce que je lui ai demandé de ne pas faire.

Convaincu alors qu'il n'y a que Q... P... seul dans l'Univers. Si l'on veut que quelque chose arrive, on le *fait*.

33

Il a été envisagé d'inscrire Q… P… au trimestre de cours d'été de l'IUT mais la période d'inscription est arrivée & passée. J'avais informé Papa & Maman & M. T… que j'avais réussi les deux cours & me plaisais à l'IUT mais n'étais pas encore décidé à continuer. & Papa énervé a dit *& ton avenir, fils ?… Tu as plus de trente ans, tu ne vas tout de même pas rester gardien toute ta vie* & le mot « gardien » dans sa bouche comme une merde. & j'ai dit. & Papa a dit. & Maman a dit que l'automne était loin & qu'aucune décision n'avait à être prise immédiatement. & c'est comme ça que la discussion s'est terminée ce jour-là.

Une lettre de l'IUT est arrivée pour Q… P… au 118, North Church Street, une liste de mes notes sans doute. Je l'ai déchirée sans l'ouvrir & jeté les morceaux.

34

En train de tondre la pelouse de grand-mère un samedi de juillet & de tailler la haie & j'ai entendu des gosses chahuter & rire à côté dans la piscine des voisins. NE REGARDE PAS a dit la voix avec calme. Mais c'était pour me tenter. Elle semblait savoir à l'avance. Cinq ou six adolescents y compris un garçon de quinze ans environ qui m'a fait craquer, son maillot de bain ruisselant quand il est sorti de la piscine après un plongeon parfait & son jeune corps musclé comme quelque chose de brillant que je ne pouvais pas quitter des yeux. & je me suis déplacé le long de la haie pour mieux voir & ça m'a transpercé comme un couteau de voir son visage. Assez ressemblant à Barry pour être son JUMEAU ! Sauf que Barry était plus jeune dans mon souvenir bien sûr & les cheveux noirs, & celui-ci était plus vieux, grand & mince & vif & braillard & des cheveux d'un châtain plus clair comme rayés par le soleil.

Barry, mon ami de sixième au collège de Dale Springs, n'habitait qu'à un kilomètre de chez grand-mère !... cette maison en brique chamois devant laquelle je passais pour aller chez elle, en faisant juste un détour d'une ou deux rues.

Barry, mort accidentellement à l'école, s'était cogné la tête contre la paroi de la piscine & noyé & au milieu de tous les enfants déchaînés & hurlants s'envoyant des ballons de volley on ne s'en était aperçus qu'une fois que nous étions presque tous sortis du bassin. Combien de mois, d'années plus tard, j'ai entendu Maman dire à une de ses amies au téléphone *Quentin pleure toujours la mort de ce pauvre enfant, je ne crois pas qu'il s'en remettra jamais.*

Les coupures de journaux que j'ai gardées des années, des photos de Barry seul & avec ses camarades de l'équipe de basket dans le numéro spécial du journal de l'école, & une chaussette sale de Barry que j'avais prise dans son armoire, cachée dans un de mes ENDROITS SECRETS entre mon matelas & les ressorts & un soir en la cherchant pour un câlin je me suis aperçu que mon trésor avait disparu. & celui qui l'avait prise, Maman ou Papa, ne m'en a jamais parlé. & je n'ai rien dit non plus.

& MAINTENANT BARRY M'ÉTAIT RENDU ! Mais doré-étincelant au soleil & plus beau en fait, sexy comme le sont les jeunes adolescents sûrs d'eux & fanfarons avec leurs copains & crânant devant les filles. « ÉCUREUIL » est le nom que je lui ai tout de suite donné, ces cheveux châtain rayé blond & son énergie & sa façon de faire le clown & de rire fort. « ÉCUREUIL » m'est venu comme ça & voilà. Ça ne pouvait pas être un simple hasard. Q... P... assommé comme si quelqu'un m'avait frappé sur la tête avec un marteau. & ma bitte alerte, émerveillée.

Car c'était mon vrai ZOMBI. Aucun doute.

Q... P... calme & maître de lui malgré tout retournant à la haie etc. Prenant le sécateur & continuant à travailler. Toutes pensées de spécimens bruns de cheveux bruns de peaux brunes, Ramid & Akhil & Abdallah & les autres occupants du 118, North Church & même Langue-de-velours évacuées en ces quelques secondes comme de la merde par une chasse d'eau.

35

Cet immeuble dont Q… P… est le GARDIEN pourquoi ne pourrais-je pas l'être toute ma vie, si je le souhaite ?

La maison familiale des P…, une construction vaste & digne en brique rouge de style victorien, au 118, North Church Street, Mont-Vernon, dans le Michigan. Aucun membre de la famille P… n'y vit maintenant sauf Q… P… GARDIEN.

C'est un travail qui me convient. Comme dit M. T…, ce genre de responsabilité est bon pour un homme.

C'est après la Seconde Guerre mondiale d'après grand-mère que University Heights s'est mis à changer. Les *gens de couleur* ont commencé à emménager & les *Blancs* à déménager en un flot régulier irréversible pour des banlieues comme Dale Springs. *Oh je ne pardonnerai jamais cette guerre aux Allemands !* dit grand-mère.

Les fondations de notre maison ont été posées en 1892 & elles sont toujours solides. La cave rénovée par grand-père P... dans les années 50 (à ce qu'on m'a dit, je n'étais pas encore né) est faite de telle façon qu'il y a deux parties : la nouvelle & l'ancienne. La nouvelle a un sol de béton & des murs renforcés avec panneaux en aggloméré. C'est là que se trouvent la chaudière à gaz, le ballon d'eau chaude, la boîte à fusibles, les lave- & sèche-linge, etc. L'établi du GARDIEN & des outils comme ma perceuse électrique & ma tronçonneuse Cherokee toute neuve. L'ancienne partie de la cave n'est jamais utilisée. Pas aussi grande que la neuve mais quand même de bonne taille, à peu près la longueur & la largeur de la cuisine. Un sol de terre battue tassée & des poutres basses (à moins de 1,80 mètre du sol) & pleines de toiles d'araignée. Des murs rongés par les termites & pourris. À part les fuites, la citerne est à sec bien sûr, hors service depuis quarante ans. Une forte odeur d'égout les mois pluvieux mais j'ai installé une seconde pompe. Convaincu Papa qu'il était nécessaire d'entretenir l'immeuble, & ça l'est.

Pour pénétrer dans les profondeurs de l'ancienne cave on doit avancer lentement & prudemment, courbé en deux. On doit avoir une torche puissante. Des yeux perçants. On doit pouvoir ne respirer qu'à petits coups à cause de l'odeur. On doit avoir une volonté solide.

Cela fait des mois maintenant & la citerne est presque aménagée & sera bientôt prête à l'usage.

Quoique j'aurai probablement du mal à y loger ma « table d'opération » : une petite table pliante de l'Armée du Salut où j'ai acheté mon armoire serait sans doute la meilleure solution.

Signalons que cette armoire est dans ma chambre. Récurée & passée au Lysol & utilisée pour ranger vêtements, chaussures, etc., & la bouteille de formol contenant un souvenir porte-bonheur de BALAISE & la bouteille elle-même emballée avec soin dans du papier d'aluminium & scotchée. & des revues, des vidéos, des Polaroïd, etc. Toujours fermée à clé.

La vieille cave & la citerne sont les endroits cruciaux bien sûr. Un ZOMBI en bonne santé pourrait y vivre de nombreuses années car qui saurait qu'il est là ? qui à l'exception de Q... P..., GARDIEN ? & si un ZOMBI rate il y a le sol en terre pour une élimination sûre & hygiénique & il y a une nouvelle porte à la place de la vieille pourrie & la semaine dernière j'ai acheté un cadenas en acier chez Sears pour plus de sécurité.

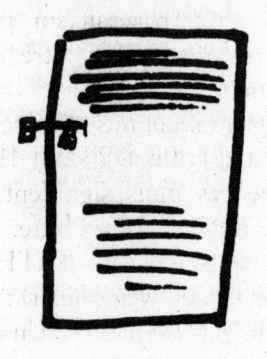

36

Q... P... FOU D'AMOUR POUR ÉCUREUIL !!!

... J'ai écrit ça au marqueur Magic rouge dans un W.-C. de l'Humpty Dumpty de Lakeview Boulevard à Dale Springs, où ÉCUREUIL travaille comme aide-serveur. Ça m'excitait de penser qu'ÉCUREUIL irait aux toilettes & s'interrogerait sur ces mots sans la moindre idée de qui pouvait être « ÉCUREUIL » & « Q... P... » encore moins !

Combien d'yeux inconnus se poseraient sur « Q... P... FOU D'AMOUR POUR ÉCUREUIL !!! » sans comprendre ce que ces mots signifient. Quel pouvoir atomique fantastique dans ma bitte.

L'emploi du temps d'ÉCUREUIL à l'Humpty Dumpty (d'après ce que j'ai pu déterminer) : mercredi-jeudi-vendredi de midi à 18 heures. Un boulot d'été je pense. Un soir garé sur le parking & attendant ÉCUREUIL je l'ai vu sortir par-derrière à 18 h 06 & il y avait une femme (sans doute sa mère) au volant d'un break venue le chercher mais d'autres fois il est rentré à bicyclette (rangée derrière avec deux ou trois autres vélos d'employés tous munis d'une chaîne) chez lui, dans Cedar Street, soit une distance de 3,8 kilomètres. ÉCUREUIL n'habitait pas à côté de chez grand-mère comme je l'avais d'abord supposé mais y venait souvent, pour nager dans la piscine de son ami & écouter de la musique rock à pleins tubes & glander comme font les adolescents. (Un bon signe qu'ÉCUREUIL ne soit *pas* un voisin immédiat de grand-mère. Parce que les voisins sont toujours les premiers à être interrogés par la police.) Il a été facile de suivre ÉCUREUIL jusque chez lui sur sa bicyclette.

Il est facile de suivre n'importe qui, de son choix. Inutile même d'être INVISIBLE.

J'ai appris le nom de famille. & téléphoné une fois ou deux juste pour entendre le téléphone sonner dans cette maison. Une voix de femme a répondu (sa « Maman » ?) & j'ai demandé à lui parler (son nom qui ne lui va pas bien) & laissé seulement le message *C'est Q…, je rappellerai*. Il y a au moins deux enfants plus jeunes dans la famille. & « Maman » & « Papa » âgés d'une quarantaine d'années. « Maman » pareille à n'importe quelle femme habitant une rue comme Cedar Street à Dale Springs & « Papa » le genre cadre roule dans une Buick Riviera & porte une serviette. Autant que j'aie pu le déterminer, ÉCUREUIL est élève au lycée de Dale Springs, l'ancienne école que Q... P... haïssait & aurait voulu incendier. Avec tous ceux qui se trouvaient dedans.

Son adresse est 166 Cedar Street, celle de grand-mère 149 Arden. Des rues parallèles & le même genre de maisons, de style colonial pour la plupart sur des terrains boisés comme celui de grand-mère. La maison de la famille d'ÉCUREUIL est plutôt grande, une clôture de piquets blancs & des arbres géants – des ormes ? des chênes ? – & la maison de grand-mère est plus petite, une façade en partie en pierre brute. Grand-mère est venue vivre ici quand grand-père est mort il y a environ dix ans. Pour être près de son fils & de sa belle-fille. & l'autre jour chez grand-mère pendant qu'elle me faisait des gaufres aux myrtilles (un petit déjeuner tardif avant que je commence à travailler dans le jardin) il m'est venu à l'esprit que grand-mère était une vieille femme & ne vivrait plus très longtemps. & elle laisserait un héritage évidemment. Cette maison, & ses économies & des placements & il y avait l'immeuble de rapport du 118, North Church qui valait... ? 80 000 $? 100 000 $? En tout, ça ferait un héritage important. Elle laisserait peut-être quelque chose à ses petits-enfants ? Ces mois derniers j'ai été amené à penser que c'était moi son préféré & non plus Junie. Mais je pourrais me tromper : avec les femmes & leurs sentiments les unes envers les autres on ne sait jamais.

Quoi qu'il en soit grand-mère P... laisserait un

héritage important à sa mort à M. & Mme R... P... & ils ne vivraient pas non plus éternellement.

Il semblait juste que Q... P... GARDIEN hérite de la maison de North Church. Peut-être que l'idée en est venue toute seule à la vieille depuis le temps. *C'est entre toi & moi, Quentin. Notre petit secret !*

Debout sur la pointe des pieds pour me tapoter la joue. Une vieille femme plutôt grasse mais frêle aussi. Il paraît que leurs os sont fragiles, évidés à l'intérieur & faciles à casser. Ses yeux délavés sans couleur & dedans l'impression bizarre de voir des QUENTIN miniatures se refléter ! Car quand ils vous ont aimé comme leur enfant, leur propre chair étrange née de leur corps ou du corps de leurs enfants, vous restez toujours BÉBÉ à leurs yeux.

37

Un plan se formait comme un rêve lent & je ne faisais rien pour bousculer ou précipiter les choses. Sachant pourtant que l'emploi du temps d'été d'ÉCUREUIL finirait le premier lundi de septembre, le jour de la fête du Travail. Ce qui laissait combien de semaines à Q... P... pour opérer sa capture... ? Cinq à peine. & ÉCUREUIL ne travaillait chez Humpty Dumpty que trois jours par semaine.

Maintenant que dans la chaleur de l'été du Michigan je ne prenais plus aucun médicament & avais moins peur des CONTACTS VISUELS je voyais des choses habituellement non vues. & elles se gravaient profond en moi. & ressassées. *Un homme responsable force sa chance* a dit Papa. En citant un des grands philosophes.

Dès ce samedi chez grand-mère où j'avais épié ma proie à travers la haie j'ai su que j'aurais mon ÉCUREUIL. Je n'ai jamais douté. Il pouvait m'agacer & m'aguicher en plongeant dans la piscine, & crier courir en riant & ruisseler d'eau dans son maillot moulant & chez Humpty Dumpty me traverser du regard comme si personne n'était assis dans le box où j'étais mais ça n'empêcherait pas ce qui allait arriver. Le fragment Q de la grosse comète éclatant en grappes de feu pour s'être trop rapproché de Jupiter & ce terrible champ de gravitation & il entrerait en collision avec sa cible & exploserait & c'était écrit & ce serait ainsi. Depuis le commencement des temps.

Sauf que : la stratégie de Q... P... serait 100 % différente des fois passées. On était à Dale Springs & pas dans les quartiers pauvres, ni sur une portion déserte de l'autoroute. C'était un gosse blanc de la bonne bourgeoisie, un enfant (sûrement aux yeux de ses parents) & pas un Noir ni un sang-mêlé & beaucoup de gens s'occupaient de lui, & remarqueraient aussitôt sa disparition. & courraient à la police catastrophés. C'est sûr.

& ça m'excitait aussi. Car jamais par le passé pas une seule fois à ma connaissance aucun flic nulle part n'avait appris la disparition de mes spécimens, sans parler de les rechercher. & donc ce serait différent, & je pensais être à la hauteur du défi. Un besoin & une faim tellement violents, ÉCUREUIL entrant dans ma vie comme un ange resplendissant : il valait la peine qu'on meure pour lui, c'est sûr !

Parce qu'il était peu probable qu'ÉCUREUIL fasse du stop à Dale Springs & peu probable que Q... P... passe à ce moment-là dans sa fourgonnette, une chance sur un million MAIS JE NE POUVAIS PAS ATTENDRE TOUT CE TEMPS-LÀ !… une autre stratégie devait être imaginée. ÉCUREUIL ne monterait pas tout seul dans la fourgonnette, ÉCUREUIL devrait être maîtrisé & capturé & hissé à l'intérieur, & sa bicyclette aussi ?… peut-être. & cette capture être effectuée sans témoin bien sûr. La nuit serait le plus indiqué mais planquer devant sa maison de Cedar Street sans savoir quand il rentrerait & sans savoir s'il serait seul serait difficile. Car la Ford couleur sable serait remarquée. À Dale Springs il y a des vigiles, des patrouilles de surveillance. & entrer dans la maison d'ÉCUREUIL & risquer de déclencher une alarme etc. pas question.

Je travaillais chez grand-mère & je passais en camionnette dans Cedar Street & je mangeais chez Humpty Dumpty x fois, incapable de rester à l'écart, & je ruminais sur ÉCUREUIL en son absence & en sa présence. Les yeux fixés sur ÉCUREUIL pensant *Je t'aime, je te désire, je mourrais pour toi, tu es superbe pourquoi ne veux-tu pas me regarder bordel ? me sourire ?* J'ai peut-être négligé mes tâches au 118, North Church mais c'était l'été & cinq chambres seulement occupées & si je ne sortais pas la poubelle sur le trottoir une semaine je la sortais celle d'après, c'est sûr. & le nettoyage & l'entretien étaient faits quand il fallait. & les pulvérisations régulières contre les cafards.

Papa a téléphoné & laissé un message & je croyais qu'il allait râler comme d'habitude mais au lieu de ça me remerciait d'ÊTRE SI GENTIL AVEC TA GRAND-MÈRE, QUEN-TIN !

 C'était risqué de manger si souvent chez Humpty Dumpty mais je ne pouvais pas m'en empêcher. Garais ma fourgonnette quelquefois dans le parking & quelquefois de l'autre côté de la rue ou tout près sur le parking d'une épicerie ou même au coin pour éviter les soupçons. Mais le parking du restaurant était toujours plein & le restaurant comble sauf en milieu d'après-midi mais je préférais après 17 heures quand il y avait beaucoup de clients y compris des familles avec de jeunes enfants & moins de probabilités que Q... P... se fasse remarquer. & si je traînais jusqu'à 18 heures quand les équipes changeaient je pouvais voir ÉCUREUIL partir, rentrer chez lui à bicyclette. Le chemin qu'il prenait, je le connaissais par cœur.

 Je suivais en fourgonnette à une distance raisonnable. Ou faisais le tour du pâté de maisons pour me garer & attendre qu'il passe sans savoir. La façon dont ÉCUREUIL roulait à vélo !... Vite & penché en avant & sans mouvement inutile. Très malin & habile pour se faufiler dans la circulation de Lakeview Boulevard. & un raccourci par une rue transversale & une ruelle & le fond du parking d'une église. Une casquette de base-ball des Tigers à l'envers sur la tête & ses cheveux blond-châtain assez longs ramassés en une petite natte sur la nuque & il était tellement gamin mais un homme aussi, presque un homme, une bouche qui pouvait former un sourire ou un ricanement, des yeux qui pouvaient être chaleureux ou acérés & la façon dont il étreignait le guidon du vélo & ses mollets musclés, ses cuisses & la courbe de son dos tellement souple… le souffle coupé à l'idée que ce garçon allait être mon ZOMBI !

& puis chez Humpty Dumpty regardant ÉCUREUIL soulever un plateau d'assiettes sales, etc. à la hauteur de son épaule. & ses jeunes muscles saillants, & la petite natte sur sa nuque…

& si excité que je suis obligé de laisser mon Burger Special & d'aller en titubant dans les toilettes & de me branler dans un des cabinets gémissant & geignant. *Un vrai ZOMBI serait à moi pour toujours. Se mettrait à genoux devant moi en disant JE T'AIME MAÎTRE, IL N'Y A QUE TOI MAÎTRE. ENCULE-MOI MAÎTRE À ME DÉFONCER LES BOYAUX.* & j'essuie la purée poisseuse dans des poignées de papier hygiénique &

retourne dans mon box où je les laisserai cachées dans ma serviette pour qu'ÉCUREUIL les débarrasse sans le savoir.

MON ZOMBI !

Pas très faim (ayant déjà mangé chez grand-mère) mais dévoré quand même deux Tex-Mex Specials, des hamburgers avec fromage fondu, oignons & sauce piquante & deux portions des frites spéciales de Humpty Dumpty grasses & nappées de sel. Deux Coca géants & des tasses de café noir pour me doper à la caféine. & les amphés que j'avais prises le matin. Hébété & tremblant de m'être branlé si fort & ma vue tantôt nette tantôt brouillée & la serveuse au chewing-gum a posé une question... *monsieur ?* j'ai fait semblant de ne pas entendre & a haussé les épaules & s'est éloignée. Mais où était ÉCUREUIL ? Je ne voyais pas ÉCUREUIL. Un grondement dans mes oreilles & la musique d'ambiance rock au-dessus de nos têtes & les voix & les éclats de rire des gosses résonnant comme à l'intérieur de mon propre crâne. Puis ÉCUREUIL est apparu & aidait un autre serveur à nettoyer un box où on aurait dit que des cochons avaient mangé, essuyant avec des éponges & jetant serviettes, gobelets en polystyrène etc. dans un panier en plastique. L'autre aide-serveur avait l'âge d'ÉCUREUIL & des copains tous les deux, échangeant des sourires. (S'ils remarquaient Q... P... en train de les regarder, comment réagiraient-ils ?) ÉCUREUIL est élégant & sexy & le sait sûrement. Mieux musclé que son ami, aussi. La peau un peu abîmée sur le menton

& il a la manie de grimacer de rouler les yeux, cet air moqueur qu'on voit aux gosses de cet âge. Des amis à lui entrent dans le restaurant & il y a des vannes & des insultes lancées. *Pourquoi Q… P… n'a-t-il pas eu d'amis comme ça, des copains qui m'aimaient, comme des frères ? des jumeaux ?* Maintenant quand ils me voient leurs yeux glissent avec indifférence sur moi. Ces petits salauds ne me voient pas du tout.

Ma main tremblait !… lâché ma fourchette elle est tombée bruyamment par terre au moment où ÉCUREUIL passait. Rapide & poli ÉCUREUIL m'a apporté une fourchette propre, je n'ai même pas eu à demander. *Voilà monsieur !* avec un sourire. & j'ai dit *Merci !* & bien que j'aie levé les yeux vers lui il n'y a pas eu de contact visuel, ÉCUREUIL était déjà parti. Un bon aperçu de ses yeux verts, quand même. Comme je n'en ai jamais vu de pareils. MON ZOMBI.

N'avait pas du tout fait attention à moi, je pense. & c'était tant mieux. Ils ne voient pas les gens de mon âge, c'est tant mieux. Bien sûr j'étais blessé, en pétard & *ce petit salopard va le payer bientôt* mais *c'était* tant mieux. Q… P… l'homme invisible.

Ce que je portais : short kaki & débardeur sale (ample pour dissimuler ma petite bedaine), mes lunettes de soleil sport & des sandales usées. Pour travailler chez grand-mère j'avais mis un bandeau-éponge rouge autour de la tête comme un Black branché, je l'avais trempé de sueur à cause de la chaleur. Je devais sentir fort à mon avis, pas pris le temps de me doucher comme grand-mère l'avait proposé.

Mon *trompe-l'œil* ce jour-là était une tache de vin sur la joue gauche. Faite au jus de myrtille & au marqueur Magic rouge. Plus ou moins en forme d'étoile, à peu près de la taille d'une pièce de dix cents. Pour attirer & concentrer l'attention indésirable.

MARQUE DE NAISSANCE (TAILLE RÉELLE)

La serveuse m'a apporté l'addition, elle s'élevait à 16,95 $ & j'ai laissé un pourboire de 5 $. « Veillez à ce que l'aide-serveur en ait sa part, ai-je dit à la serveuse.

— Pardon ?

— L'aide-serveur. Le garçon là-bas, avec la natte. Je laisse 5 $ de pourboire & je veux qu'il en ait sa part. »

La serveuse au chewing-gum a mastiqué plus lentement & m'a regardé fixement & cligné des yeux & rougi un peu comme si, pour de bon, elle avait été surprise en train de voler. Cette connasse comptait empocher les 5 $. Elle a dit :

« Nous partageons tous nos pourboires ici, monsieur. C'est la règle.

— Très bien. Je me renseignais, c'est tout.

— C'est la règle chez Humpty Dumpty, monsieur. Nous partageons.

— Très bien, ai-je dit, en quittant le box, les jambes molles & les lunettes qui me glissaient sur le nez… Super. C'est parfait. »

Si ÉCUREUIL regardait, & a suivi des yeux Q… P… s'en allant la tête haute, je ne pouvais que le deviner.

38

Q... P... EN PERPÉTUELLE ÉRECTION.

Tant d'étrangeté me pleuvant sur la tête cet été-là !... comme les 21 « perles brillantes » de la comète EXPLOSANT l'une après l'autre dans mon crâne ! & la promesse de plus, toujours PLUS !

& je voyais avec des YEUX NEUFS, & n'avais besoin que de quelques heures de sommeil débordant de projets, & plein d'énergie musculaire & d'entrain & d'espoir pour la capture de la proie & MON ZOMBI m'attendant dans la vieille citerne de grand-père !

Même le docteur E... qui d'habitude bâillait pendant nos cinquante minutes & enlevait ses lunettes pour frotter ses yeux couleur de pisse s'en est aperçu. Parlant de la *teinte saine* de ma peau & a demandé comment ça allait dans ma vie ? & j'ai dit que ça allait vraiment bien docteur, en souriant timidement mais comme si c'était sérieux, pas du baratin & j'en suis fier & le docteur E... a ensuite demandé si je prenais mes médicaments régulièrement, trois fois par jour à l'heure des repas ? & j'ai dit oui docteur & ensuite il demande si je n'aurais pas rêvé ? si je ne me rappelais pas un rêve ? & j'ai dit oui docteur alors il m'a regardé en clignant des yeux comme si j'étais un chien brusquement debout sur mes pattes de derrière & en train de parler anglais.

« *Toi,* Quentin ? *Toi,* tu as fait un rêve ?
— Oui docteur.
— De quoi s'agissait-il ?
— De poussins.
— Pardon ?
— Des poussins. Des petits poulets. »

Il y a eu un silence, & le docteur E... a remonté ses lunettes sur son nez & continué à me regarder. Ces yeux pisseux attentifs & intéressés, pour la première fois depuis seize mois. « Eh bien... qu'as-tu rêvé à propos de ces poussins, Quentin ?
— Je ne sais pas..., ai-je dit, & c'était la vérité, à ce moment-là... ils étaient juste là. »

Me suis senti si bien après que j'ai presque – presque ! – dit au docteur E... que je n'avais plus besoin de lui & que ses ordonnances merdeuses il pouvait se les foutre dans le cul.

& plus tard ce jour-là qui était un mardi, & ÉCUREUIL ne travaillait pas chez Humpty Dumpty & c'était une journée moite-bruineuse si bien qu'il n'irait pas nager chez son ami à côté de chez grand-mère, je traversais très vite le campus de l'université en évitant comme toujours le bâtiment Érasme & je portais mon short kaki & un tee-shirt large MONT-VERNON U. & mes lunettes sport & ai croisé des yeux moqueurs je crois & quelques expressions approbatrices. Le trimestre d'été avait commencé & les gosses étaient habillés comme moi. Sauf bien sûr les profs croulants que l'on rencontre toujours sur le campus & qui vous dévisagent comme si vous étiez un monstre ou un nazi. Ou pire. Mais je me sentais de bonne humeur après le rêve des POUSSINS & me demandais ce qu'il pouvait signifier & sûrement la réponse me viendrait, & bientôt.

  & dans le bâtiment Darwin où je n'étais pas allé depuis des années & des années montant au troisième étage comme si je savais où j'allais. Passé la tête dans une grande salle de conférence & ce n'était pas ça. Passé la tête dans le bureau du département de biologie & ça n'était pas ça. Passé la tête dans un labo sentant assez fort pour que ça me pique les yeux & *c'était* ça. Où des années plus tôt j'avais vu des cages empilées de chats, lapins, singes avec des électrodes dans le crâne. Certains immobiles & d'autres en train de tourner & de se tordre. Certains aveugles bien que leurs yeux scintillent. & tous muets bien que la bouche ouverte & émettant des cris silencieux faisant vibrer l'air bien qu'on n'entende rien. C'était Papa qui m'avait amené là ?... ou je m'étais éloigné d'un autre endroit où il était & avais poussé la porte du laboratoire PERSONNEL AUTORISÉ SEULEMENT : DÉPARTEMENT DE BIOLOGIE attiré par l'odeur. Ce jour-là pourtant c'était juste un labo, une pièce en longueur avec des éviers & des comptoirs & des instruments etc. & le mur de cages avait disparu. & une jeune étudiante l'air asiatique seule dans la salle cligne des yeux en me regardant comme si elle avait un peu peur de moi ce qui ne dérange pas Q… P…, c'est le seul genre de femmes en qui l'on peut avoir confiance. Donc je demande où sont les animaux & elle dit quels animaux & je dis il y avait des chats, des lapins, des singes dans ce labo & vous vous en serviez pour faire des expériences & elle dit quand était-ce ? & je dis il y a quelques années & elle dit qu'elle n'est là que depuis deux ans & n'en a jamais entendu parler & que les choses ont changé dans le département. & elle reculait plus ou moins & j'ai vu qu'elle allait reculer contre un grand ordinateur sur une table & c'est ce qui s'est passé & elle ne pouvait plus reculer alors j'ai pensé NON : NE FAIS PAS PEUR À CETTE CONNASSE & je n'ai pas avancé davantage mais changé de ton comme je sais le faire, je suis doué pour ça & m'améliore tous les jours. Étudie-t-elle la biologie je lui demande & elle dit qu'elle est biogénéticienne & fait de la recherche pour son doctorat. & je dis que je suis un étudiant en physique faisant de la recherche pour mon doctorat, je suis l'assistant du professeur R… P… & elle me regarde avec son visage plat & ses yeux bridés-noirs & je vois qu'elle ne sait pas du tout qui est R… P…! Ce qui est comique. Vraiment comique. & le bâtiment Érasme qui est juste en face ! Donc j'ai le souffle un peu court & passe la main dans mes cheveux qui sont gras & comme des tuyaux de plume mais je n'avance pas davantage. & nous disons :

« Où sont les cordes vocales exactement ?

— Pardon ?

— Les cordes vocales. Où sont les cordes vocales exactement ?

— Les cordes vocales ? Celles... de la gorge ?

— Les cordes vocales humaines, mais je parle des animaux », dis-je. Je m'exprime avec calme, raisonnablement. Vous sauriez que je suis un scientifique comme elle à mon attitude. « On coupe les cordes vocales des animaux de laboratoire, n'est-ce pas ? Comment s'y prend-on ? »

& elle me regarde un peu effrayée de nouveau & hésitante. Elle dit : « Je ne fais pas ce genre de recherche. »

& je dis : « Moi non plus, je suis docteur en physique, je vous l'ai dit. Mais comment s'y prend-on ? Est-ce facile ou délicat ? »

& Visage-plat secoue la tête comme si elle ne savait pas. & je commence à m'énerver mais ne le montre pas. Je dis : « Bon, où sont vos cordes vocales exactement ? »

& Visage-plat met les doigts sur sa gorge comme si elle vérifiait qu'elle en avait. « On les sent, dit-elle. Elles vibrent quand on les touche, quand on parle. »

39

MATIÈRE QUANTIFIABLE & INQUANTIFIABLE !

Pendant longtemps, combien de putains d'années de la vie de Q… P… on aurait pu penser peut-être, à une expérience scientifique, comme si c'était un principe de bouger vers la gauche ou la droite par exemple, quelques centimètres & pas plus. Ou de grandir. & tout l'Univers se réordonnerait. & d'autres naissent avec un radar pour ça mais pas Q… P… Le principe (quoique non exprimé à l'époque, parce que trop jeune) de se serrer contre les garçons dans la queue de la cantine, Bruce & ses amis. Ou d'entrer dans les douches du lycée au bon moment, avec juste le pas & l'angle de tête & d'épaules qu'il faut. & hier l'achat de trois douzaines de poussins à cette foire paysanne de Ludington *parce que c'était quelque chose que Q… P… n'avait encore jamais fait de sa vie & le faire juste une fois c'était être quelqu'un de nouveau.* Ou ces mois à l'université du Michigan où Q… P… s'était efforcé de ME RÉ-INVENTER en achetant des vêtements & des chaussures pas à son goût mais à celui d'autres gens observés attentivement, & deux douches par jour (quelque temps, jusqu'à ce que ma peau commence à tomber par écailles) & s'obligeant même à une nouvelle écriture & une nouvelle signature qu'il avait fallu des semaines pour maîtriser. Mais elles *l'avaient été !*

Quentin

Un mouvement à gauche ou à droite, en haut ou en bas, en épaisseur ou en finesse. Une modification de la teinte de la peau, ou des taches de rousseur. Ou une voix de baryton au lieu d'aiguë & nasillarde. & Q... P... serait membre d'une fraternité universitaire par exemple ! Mais ce qui paraissait si facile était en réalité si dur.

Si vous aviez un cœur, c'est comme ça qu'il serait brisé.

& l'autre jour quand j'ai conduit Maman & grand-mère à cette maison de retraite de Holland, les hospices presbytériens du Michigan. Où elles ont rendu visite à une vieille parente ratatinée & lui ont apporté des fleurs en pot teintes en bleu & j'ai traîné dans le hall quelque temps puis dehors dans le parking & quelqu'un dans un fauteuil roulant & sa famille m'observent & finalement l'un d'eux dit, un type jeune mais la voix tremblante : *Excusez-moi. Pourriez-vous ne pas dévisager ma mère ?* & sur le campus ce jour-là si excité à force de voir ÉCUREUIL-ÉCUREUIL-ÉCUREUIL dans tous les gosses de sa taille & sa silhouette que j'avais la bitte dure comme une massue & les cheveux dressés comme des tuyaux de plume & obligé de chercher des toilettes pour me branler avant d'EXPLOSER. & je pousse des portes & il y a une scène éclairée & des types & des femmes en caleçon ou autre chose répètent une danse au son des timbales & des cors & ils sont si occupés à danser qu'ils ne voient pas les yeux de Q... P... flamboyer dans l'ombre. & finalement quelqu'un s'approche, une connasse quelconque de la fac avec de grosses lunettes, & demande qui je suis ? & je me tourne vers elle pas étonné & dis, comme si c'était la réponse la plus naturelle à une question à la con : *Je suis la présence qui se tient ici à ce point de jonction du Temps & de l'Espace... qui d'autre ?*

& cette nuit-là dans ma fourgonnette Ford couleur sable 1987 avec la décalcomanie du drapeau américain masquant la vitre arrière roulant dans Cedar Street, à Dale Springs, & garé dans l'ombre & mes jumelles braquées sur les fenêtres presque toutes les stores baissés ou noires j'ai pensé : *Si c'est où je suis c'est qui je suis.* & c'était ça.

40

COMMENT LES CHOSES SE PASSENT. Le 28 juillet téléphoné à l'avocat engagé pour moi par Papa l'an dernier, aucun contact avec lui depuis le jour où nous étions sortis du cabinet du juge L… Ai dit très vite : *N'en parlez surtout pas à Papa ! J'ai peur que les flics ne me filent, ne me harcèlent, pas en actes ni en paroles mais jour & nuit il y a des voitures de patrouille qui passent dans North Church Street. & j'ai des raisons de croire qu'ils ont interrogé des locataires de cette maison. & si les locataires déménagent* ma voix montait, haletait, *& que Papa me retire ce travail de gardien…* QUE VAIS-JE DEVENIR ?

Acheté une petite table pliante d'occasion. Pas à l'Armée du Salut dans le centre mais dans un magasin de meubles de Grand Rapids. Le vendeur m'a aidé à la porter & à la charger à l'arrière de la fourgonnette. *Hé vous ne voulez pas les chaises ?… les quatre chaises qui vont avec ?* & je dis : *Des chaises ? Pour quoi faire ?*

Acheté des gants de caoutchouc ordinaires. Le genre qui sert à faire la vaisselle. Acheté un rouleau de gaze dans un drugstore. Pour préparer un masque chirurgical.

Donné à manger & à boire aux poussins. Dans trois cartons percés de trous pour l'air. J'ai fait passer un grand cordon prolongateur dans la vieille cave & c'est pratique. L'agriculteur m'a conseillé de les réchauffer avec des ampoules de 50 watts une dans chaque boîte. PIAILLE-PIAILLANT. Des becs minuscules & des pattes griffues, & des plumes-duvet jaunes qui ont l'air teintes. On n'imagine pas des poussins de Pâques naître à cette époque de l'année.

41

Dernière semaine de juillet. Ma force de volonté est telle que je ne vais pas chez Humpty Dumpty le mercredi & le jeudi mais vendredi, j'y suis & je ne vois ÉCUREUIL nulle part. & je pique presque une crise. Dans mon box du fond près des portes battantes de la cuisine. & je porte une casquette de base-ball des Tigers à l'envers & des protections en plastique noir sur mes lunettes habituelles & ma tache de vin myrtille & PAS D'ÉCUREUIL. Il a démissionné, définitivement ? Comment faire pour le rencontrer de nouveau ? Oh Seigneur. Oh Dieu si Tu existes aide-moi !

& les portes de la cuisine s'ouvrent dans une explosion de chaleur & d'air malodorant... & C'EST ÉCUREUIL !

Heure 17 h 07, date 29 juillet.

Mes yeux nerveux baissés sur mon assiette où je mange les morceaux de poulet frit spéciaux & les frites spéciales & la coleslaw maison d'Humpty

Dumpty mais en suivant du coin de l'œil ÉCUREUIL qui débarrasse les tables des plats sales etc. Des gouttes de transpiration luisantes sur sa lèvre supérieure. *Si seulement tu me regardais. Si seulement tu souriais. Juste une fois !* Mais comme Barry il ne me *voit* pas. Comme Bruce, il ne me *voit* pas. & il y a trois jeunes filles en short & dos nu & rideaux coulissants de cheveux brillants dans un des box. & elles taquinent ÉCUREUIL qui est leur ami. & il rougit tout gêné dans son tablier sale. Oui mais en aimant ça… aucun doute. MON ZOMBI se pavanant comme un petit coq orgueilleux devant de pareilles connasses ! & un sourire de biais dans leur direction montrant ses dents éblouissantes & une fossette à la joue droite que je n'avais pas encore vue & j'avale une bouchée pleine de nerfs & manque m'étouffer & ces petites connes frémissent & pouffent comme si toutes les trois jouissaient ensemble en tortillant du cul sur le siège en vinyle. & ÉCUREUIL passe en se pavanant, un grand plateau d'assiettes sur l'épaule, leur maître.

MON ZOMBI me trompant devant tout le monde !

À 17 h 58 Q… P… a quitté Humpty Dumpty & regagné la fourgonnette garée discrètement derrière le centre commercial de Lakeview. Un endroit très animé ce vendredi soir. & dans la fourgonnette le moteur au ralenti pendant une minute puis me glissant dans la circulation en direction de l'est & là bientôt apparaît ÉCUREUIL sur sa bicyclette roulant dans Lakeview. & restant dans la file de droite je suis lentement à bonne distance comme si je cherchais une place de stationnement. Remarque qu'ÉCUREUIL tourne comme d'habitude à droite dans une petite rue étroite Locust & je ne le suis pas quand il s'engage dans une ruelle à sens unique (parallèle à Lakeview Boulevard, à un demi-pâté de maisons) & se dirige vers l'arrière de l'église catholique Sainte-Agnès en passant devant le POINT ZÉRO (où sera garée la fourgonnette pour la capture). Au lieu de cela j'accélère & tourne à droite dans Pearl, c'est-à-dire en direction du sud, & dépasse l'église & le cimetière voisin & là dans mon rétroviseur au bout d'une minute environ ÉCUREUIL réapparaît sur son vélo ne se doutant de rien ! Comme s'il était filmé, & qu'il ne le sache pas. Mais moi je sais. & je me gare le long du trottoir & le laisse me doubler. Ses jambes musclées sur les pédales, & son dos mince courbé comme en extase ! & je le suis lentement & traverse Arden (où grand-mère habite un pâté de maisons plus loin, à l'est) & deux rues après c'est Cedar Street (où ÉCUREUIL habite un pâté de maisons & demi plus loin, à l'est) & ÉCUREUIL tourne & je continue tout droit dans Pearl. *C'est entre toi & moi. Notre petit secret.*

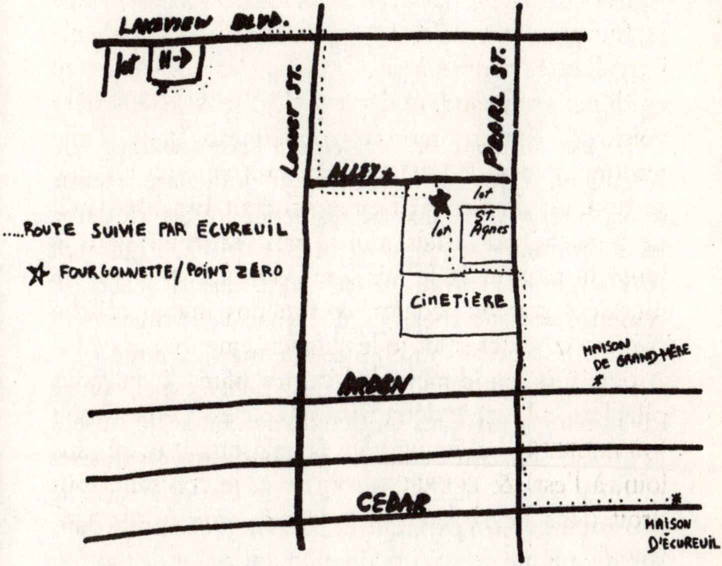
LAKEVIEW BLVD.
lot
H-D
LOCUST ST.
PEARL ST.
ALLEY
lot
lot
St. Agnes
CIMETIÈRE
MAISON DE GRAND-MÈRE
ARDEN
CEDAR
MAISON D'ÉCUREUIL
....ROUTE SUIVIE PAR ÉCUREUIL
FOURGONNETTE/POINT ZÉRO

42

Il est obligatoire, règlement administratif du Michigan, que votre contrôleur judiciaire vienne « inspecter » votre lieu de résidence toutes les deux, trois ou quatre semaines peut-être. M. T… qui était surchargé de travail (à ce qu'il disait) avait dû remettre sa visite chez Q… P… mais il est finalement venu 118, North Church Street le mardi 2 août. Q… P… qui a plaidé coupable de « délit sexuel contre un mineur » est dans sa deuxième année de mise à l'épreuve & côté emploi & conduite & dossier médical « exemplaire ». M. T… ne disposait que de dix minutes a-t-il expliqué & l'air énervé, a parlé dans son téléphone de voiture un moment avant de monter l'escalier & *Bonjour, Quentin !* & m'a serré la main, une petite poignée de main avare comme s'il était détaché de sa main & de votre contamination. Lève les yeux derrière ses verres à double foyer & il est impressionné par la maison de famille des P… ça se voit. Le quartier d'University Heights. *Lui* est allé à l'université d'État de Kalamazoo dans l'ouest du Michigan.

J'ai ouvert la porte & M. T… m'a précédé à l'intérieur & il disait à haute voix comme s'il parlait à un débile mental *Alors tu es responsable de tout ça, hein ? C'est bien Quen-tin.* Lui ai montré le salon où il y a un canapé & des fauteuils & une télé mis à la disposition des locataires. Lui ai montré la cuisine dont ils ont la « jouissance ». J'avais lavé les assiettes sales & même récuré l'évier & il y avait une odeur forte d'insecticide mais pas de cafards visibles. N'ai pas ouvert les placards où tout était entassé. Ouvert le réfrigérateur comme pour faire quelque chose & M. T… a peut-être soupiré en soufflant entre ses dents. *Formidable, Quen-tin. & toi alors, où habites-tu ?* Lui ai montré ma chambre au fond. Q… P… GARDIEN à l'encre noire sur un carton blanc à côté de la porte. Le climatiseur cliquetait & la ventilation marchait & je crois que la pièce ne sentait pas trop fort ce qu'elle pouvait sentir. (Mon nez était habitué à ces odeurs quelles qu'elles soient, donc peu fiable.) Chaussettes raides de transpiration & sous-vêtements pas lavés & serviettes humides etc. La crasse grise du lavabo & de la cuvette des toilettes & de la douche. Mais le lit était fait & le dessus-de-lit (un achat de Maman) bleu marine avec des bateaux & des ancres minuscules & des poissons volants tiré sur le traversin qui était bien droit. L'unique fenêtre sale dehors & dedans donnant sur le jardin de derrière envahi par les mauvaises herbes que je n'avais pas tondues depuis des semaines, parce que je travaillais beaucoup chez grand-mère. Mais M. T... n'y a pas fait très attention. Ni aux douze cailloux sur le climatiseur. J'ai ouvert mon placard volontairement & là pendus à des patères il y avait – pendant un moment étrange j'ai vu mes ZOMBIS ratés ! – mes vêtements, pas nombreux mais certains chic & choc : le chapeau en cuir à larges bords de YEUX-RAISIN sur l'étagère & une chemise zébrée de BALAISE (trop grande pour Q... P...) & des cravates en cuir, des ceintures en lézard, la canadienne & par terre mes superbes bottes en chevreau cadeau du Coq. J'ai ouvert mon armoire aussi & il y avait mon calendrier scotché à l'intérieur de la porte avec certaines marques *** & mes tee-shirts, shorts de travail, chaussures de jogging etc. Une odeur forte & propre de Lysol. Dans un sac en papier aluminium comme ceux dans lesquels on emporte chez soi un poulet rôti à réchauffer au four, la bouteille de formol contenant mon souvenir précieux de BALAISE mais l'objet était bien scotché naturellement & ne dégageait ni odeur ni soupçon. Je ne l'ai pas ouvert pour regarder le contenu depuis longtemps. M. T... n'a rien regardé de tout ça non plus car pourquoi l'aurait-il fait. Q... P... n'a rien à cacher, les cinq ou six couteaux & le pic à glace etc. & le pistolet enfermés à clé dans la cave. M. T... disant *Parfait, Quen-tin. Bien rangé & propre. Juste ce qu'il te faut, hein ?* Disant *Avoir des responsabilités est important pour un homme, hein ?* Mes revues de musculation & mes trucs pornos je les avais cachés. & mes Polaroïd. & le plan de l'itinéraire d'ÉCUREUIL à bicyclette. À la place, il y avait une belle pile de numéros du journal de l'IUT & des sacs à provisions en papier soigneusement lissés & pliés sur le sol. *Exactement comme ma femme*, a dit M. T… *Ces satanés sacs en papier !* Sur ma table de chevet *Éléments de géophysique* & M. T… l'a pris & a jeté un coup d'œil dedans en voyant le titre. *D'occasion, hein ? Je n'ai eu que des bouquins d'occasion moi aussi. Pas de quoi m'en payer de neufs.* M'a interrogé sur mes cours à l'IUT & je lui ai dit ce que je lui avais déjà dit & il a dit que c'était une bonne école, que le fils de sa sœur avait obtenu un diplôme d'ingénieur électricien & trouvé un bon emploi de départ chez GE à Lansing.

Dans le couloir d'entrée quand j'ai raccompagné M. T… à la porte il y avait Abdallah & Akhil devant les boîtes aux lettres & ils bavardaient ensemble & leurs yeux & leurs dents étincelaient & se sont tus d'un seul coup en voyant M. T… (qui est un gros Blanc bedonnant au visage tout rouge & au crâne dégarni) leur foncer dessus en murmurant *Pardon !* & se glisser dans l'espace étroit. & Abdallah & Akhil sont montés au premier tout silencieux. & M. T… n'a rien dit jusqu'à ce que nous soyons dehors sur la véranda puis *Ça doit faire un peu bizarre pour un Blanc, un gardien blanc, avec* eux, *hein ?* & ajoutant tout de suite *Je n'y mets aucune intention, j'ai beaucoup d'amis noirs. Je parlais d'histoire.*

43

Sur le climatiseur de la chambre de GARDIEN de Q... P... étaient posés neuf petits cailloux du jardin de derrière. Il y en avait quinze à l'origine.

À mesure que les jours passaient. & le POINT ZÉRO situé quelque part dans ces derniers jours d'août.

9 août. Papa & Maman ont téléphoné & laissé un message commun. Ils partaient deux semaines comme d'habitude dans l'île Mackinac. *Dommage que tu ne veuilles pas venir avec nous Quentin ! Mais si tu changes d'avis...* & j'ai appuyé sur EFFACE.

11 août. Junie a téléphoné. J'étais dans la vieille cave en train de préparer la salle d'« opération » dans la citerne & je suis remonté chercher une bière & il y avait la voix grondeuse de Junie sur le répondeur. Disant qu'elle avait attendu que je la rappelle & *pourquoi ne l'as-tu pas fait Quentin. Est-ce que tout va bien Quentin. Tu n'as pas de problème Quentin. Tu*

n'as pas recommencé à boire au moins. Rappelle s'il te plaît.

EFFACE.

COMMENT LES CHOSES SE PASSENT. Un certain point de jonction DU TEMPS & DE L'ESPACE.

Une certaine minute d'un jour d'une vie & un bout de ruelle à sens unique bordée de clôtures, de grandes haies & d'arrières d'immeubles. (L'endroit choisi pour la fourgonnette & la capture était derrière un bâtiment commercial À VENDRE & l'entrée de service & le garage jamais utilisés. Pas de maisons d'habitation à proximité. Toujours le risque que quelqu'un emprunte la ruelle, d'autres gosses à bicyclette etc. mais c'était un risque que Q... P... devait courir.) & PAS QUESTION DE REVENIR EN ARRIÈRE.

44

Six cailloux encore sur le climatiseur. & puis cinq, & puis quatre. FRAGMENT Q prêt à EXPLOSER mais : quand ?

Jeudi 25 août serait la date, à mon avis. Le POINT ZÉRO & sur le calendrier scotché à l'intérieur de la porte de mon armoire je l'ai marquée au marqueur Magic rouge : ★

Combien de fois Q... P... guette ÉCUREUIL sa proie dans sa Ford calme & méthodique. & combien de fois Q... P... *est* ÉCUREUIL sur sa bicyclette rapide & sûr de lui & gracieux & inconscient du danger comme un chevreuil qui court & bondit & la lunette du chasseur braquée sur son cœur. ÉCUREUIL avec sa casquette des TIGERS à l'envers sur ses cheveux blond-châtain courbé sur le guidon abaissé & la ceinture & la taille de son jean étroites au point que j'ai l'impression de pouvoir l'entourer de mes doigts. & cette petite natte ! & son beau visage bronzé levé, le front légèrement plissé comme on voit aux gosses & on trouve ça étonnant, un gosse qui pense sans parler de se faire du souci. Comme si ÉCUREUIL se savait porteur d'un DESTIN PARTICULIER. & j'ai vu les vertèbres saillantes de sa colonne vertébrale & un frisson m'a parcouru.

Non ! il est trop beau pour que Q... P... y touche !

Obligé de me branler toutes les deux, trois heures, trop tendu pour rester immobile & trop excité pour sortir & risquer que quelqu'un me voie & signale que je suis speedé ou défoncé. & j'évite les locataires, ne réponds pas quand on frappe à ma porte. & Maman a téléphoné de Mackinac en demandant pourquoi je ne viendrais pas faire un tour, passer quelques jours c'est si joli ici l'eau si belle & l'air si pur. & Papa a parlé à son tour enjoué & amical & EFFACE avec le pouce. & encore Junie & je décroche & tout de suite elle râle. On est le 21 août & pourquoi n'ai-je pas répondu à ses appels, elle m'a laissé au moins trois messages elle était inquiète bon Dieu ! & ainsi de suite. Je mange des crêpes fourrées au bœuf Taco Bell surgelées & bois de la Bud à même la boîte. En passant d'une chaîne de télé à l'autre. Cinquante-deux chaînes & retour à la première. Je suis sur les nerfs comme si je cherchais quelque chose & ne savais pas quoi. Junie PARLE. Comme elle a toujours PARLÉ. Ma grande sœur grande gueule, principale de collège. Du guacamole vert visqueux me dégouline sur le bras. Sur la sixième chaîne, des corps noirs nus entassés quelque part en Afrique. Sur la neuvième chaîne, des enfants qui braillent dans un hôpital bombardé dans cet endroit appelé Bosnie. & fondu enchaîné sur une publicité *C'est votre gouverneur qui vous parle.* Sur la onzième chaîne une publicité pour une camionnette cahotant dans un paysage rocailleux désert. Sur la douzième la météo *Encore des températures élevées dans le Michigan & la région des Grands Lacs.* Sur MTV une Latino sexy aux cheveux électriques lèche les mamelons d'un Blanc sniffeur de coke pété & je remets la onzième. Junie dit cinglant comme si elle était dans la chambre avec moi *Quentin bon sang tu es là* & Q… dit *& où je pourrais être d'autre d'après toi, Junie ?* & il y a un silence comme si la garce avait reçu une gifle. & j'essaie de finir la crêpe fourrée & fixe l'écran de télé en sachant qu'il y a un message là, quelque chose d'urgent. Junie dit qu'elle aimerait discuter avec moi, qu'elle s'inquiète vraiment pour moi, craint l'influence que *de mauvaises fréquentations* peuvent avoir sur moi. C'est une Dodge Ram nouveau modèle qui fonce sur ce terrain rocailleux. Une grosse lune aveuglante dans le ciel. Ou alors c'est la Dodge Ram qui est sur la lune, & la Terre qui flotte là-haut ? Junie dit que je dois à Papa & Maman d'essayer de mener une bonne vie. & que profondément je *suis* quelqu'un de bien… elle le sait. Dit que son *équilibre émotionnel* à elle n'est pas toujours parfait non plus. Elle connaît des *périodes de stress*. En fait, elle va voir *un thérapeute holistique à Ann Arbor*. Mais s'il te plaît n'en parle pas à Maman & Papa, Quentin ?… Ils me prennent pour le roc de la famille. Ils veulent pouvoir compter sur moi. Un silence & elle dit Quentin ? tu es là ? & je grogne ouais ouais & je pense qu'une sœur (ou un frère aussi) sort du même trou que vous. & projetée par la même bitte. & tout ça à l'aveuglette & au hasard & pourtant il y a le code ADN & c'est pour ça qu'une sœur (ou un frère) vous connaît comme vous ne voulez pas être connu. Ce qui ne veut pas dire que Junie *me* connaisse. Que quiconque dans l'univers *me* connaisse. Mais si quelqu'un le pouvait ce serait Junie regardant au fond de l'âme de Q… P…

Junie répète qu'elle m'invite à dîner demain soir, pas seulement pour parler mais parce qu'il y a cette amie qu'elle aimerait me faire rencontrer & je dis que je suis pris. Bon, alors le jour d'après ?… & je suis pris. & énervée elle dit qu'est-ce qui se passe de si important dans ta vie, Quentin ? Ne me raconte pas de salades, pas à *moi*. Elle dit : Tu as une liaison… avec qui ? & je regarde la télé & n'entends pas. & elle dit, sérieuse maintenant : Tu sais de quoi j'ai peur, Quentin ?… qu'une de tes *fréquentations secrètes,* un camé te fasse mal un jour, voilà ce dont j'ai peur. Pour Maman & Papa. Parce que tu es trop naïf & trop confiant comme si c'étaient encore les années 60 & que tu es trop foutument *stupide* pour savoir où sont tes intérêts.

La Dodge Ram bondit à travers le paysage.

Fondu sur des connards en tenue de base-ball, le Tiger Stadium à Detroit.

Maintenant je connais l'étape finale. En mangeant la deuxième crêpe fourrée dont je n'ai même pas envie mais je suis affamé, ma bouche a sa vie à elle & dévore ce qu'il y a dans ma main. En route pour le POINT ZÉRO dans quatre jours. Comme une pièce de puzzle manquante & maintenant je l'ai & le puzzle est complet.

Descendu dans la cave & fermé & verrouillé la porte derrière moi. & dans la vieille cave, & fermé & barricadé la porte. & les POUSSINS étaient là comme je les avais rêvés sauf qu'ils étaient vrais ! PIAILLE-PIAILLANT. & sans peur de moi. & j'ai changé leur eau (dans des soucoupes en papier aluminium) dans chaque carton & nettoyé un peu leurs fientes & mis des boulettes de pain & des graines. & bien qu'âgés seulement d'une semaine environ ces POUSSINS picoraient avidement & sans se tromper & savaient se débrouiller comme des oiseaux adultes. Car toute leur vie consiste à manger. & ça leur était fourni.

Les ai comptés pour le plaisir. Dans chaque boîte en carton, douze POUSSINS. Trente-six POUSSINS. Ils étaient encore tous vivants.

45

Le lendemain, demandé à grand-mère si je pouvais lui emprunter des $$$ pour un acompte sur une Dodge Ram ?... ma vieille Ford est vraiment déglinguée & le garage dit que la réparer coûtera plus cher (freins & carburateur) que ce qu'elle vaut. & grand-mère dit *Bien sûr, Quentin !* & sourit & ses mains maigres tremblent un peu en écrivant le chèque. *C'est un prêt,* je dis. *Je te rembourserai.* & grand-mère rit *Oh Quentin.* Elles veulent avoir quelqu'un à aimer & pour qui vivre... les femmes. N'importe qui parce que ça n'a pas d'importance pour elles comme ça en aurait pour un homme. & pour le déjeuner prépare ces gros sandwichs au fromage grillé avec des tranches de bacon croustillant que j'adorais quand j'étais petit en visite chez grand-mère. & grand-mère sirote son thé couleur de pisse & prend ses « pilules pour le cœur » comme elle les appelle. *J'ai l'impression de tout juste commencer à te connaître, Quentin. Depuis cet été. Les voies de Dieu sont imprévisibles n'est-ce pas ?*

Disant : *C'est entre toi & moi, Quentin. Notre petit secret !*

J'ai faim & je mange. & le chèque dans ma poche de chemise. Maintenant que j'ai pris ma décision, j'ai meilleur appétit que depuis des années & dû percer un nouveau cran à ma ceinture ce matin. Avec double dose de Mandrax mon cœur est calme & fort & bat régulièrement & ses pulsations lancinantes dans ma bitte. Le POINT ZÉRO si proche que c'est presque comme si c'était déjà arrivé. & à mon retour au 118, North Church Street mon ZOMBI ÉCUREUIL m'attendra dans la cave. À manger & à boire & un grand miroir pour lui (& son maître). Les yeux verts adorateurs d'ÉCUREUIL, & sa natte si sexy. & cette BOUCHE faite pour embrasser & sucer. & ce CUL adorateur. & grand-mère est en train de dire la voix tremblante qu'une seule chose manque pour qu'elle soit comblée, elle mourrait heureuse ensuite, si Junie ou moi, ou tous les deux qu'elle aime tant nous mariions & avions des enfants & que la famille se perpétue. Nos ancêtres étaient de si bons chrétiens fiers honnêtes travailleurs dit grand-mère. & ça continue :

« Quentin ?... rien ne me rendrait plus heureuse.

— Quoi, grand-mère ?

— Je disais... si tu te mariais bientôt & que tu aies des enfants, rien ne me rendrait plus heureuse. » S'essuyant les yeux & avec un rire triste disant : « Je sais que je suis une vieille femme & que je n'ai pas à me mêler de votre vie à vous, les jeunes.

— Non grand-mère, pas de problème.

— Je sais que c'est trop demander. Juste pour rendre une vieille femme heureuse.

— Non grand-mère, pas de problème.

— Je sais... le monde a bien changé. »

& je lèche la glace à la cerise sur la cuiller enroule ma langue autour de la cuiller en disant : « Non, grand-mère. Ne pleure pas. Le monde ne change jamais tant que ça. »

46

COMMENT LES CHOSES SE PASSENT. Acheté la Dodge Ram, le 23 août. Escroqué pour la reprise de la Ford (1 300 $ seulement) mais pas en position de marchander. Peinture vert-brun foncé & beau châssis solide plus haut sur roues & plus macho que la Ford, & quatre roues motrices bien sûr. Plus de puissance que la Ford, & plus spacieuse à l'arrière. Me suis exercé à passer les vitesses, mettre les lumières etc. & la climatisation qui est compliquée. Acheté une dizaine de sacs-poubelles en plastique vert foncé pour les coller sur les fenêtres de derrière & pas de drapeau américain cette fois… peut-être plus tard. & un nouvel autocollant sur le pare-chocs JE PRÉFÉRERAIS FAIRE DU BATEAU. Passé la plus grande partie du 24 août à fournir la cave & la citerne. Pic à glace, instrument dentaire, couteaux de différentes tailles tous récemment aiguisés. Iode & gaze & pansements etc. Des aliments faciles à manger & digérer pour ÉCUREUIL & de l'eau d'Évian & des couvertures &

un pot de chambre (un pot en céramique trouvé dans le grenier, peut-être une antiquité ?) & du papier hygiénique etc. & le grand miroir (trouvé aussi dans le grenier). Préparé aussi le véhicule. Installé une cloison en contreplaqué entre le second siège & l'arrière. Sur ce siège-là, un autre tee-shirt, un jean, une boîte de Froot Loops pour les coups de fatigue & encore de l'eau d'Évian & trois bouteilles de gros rouge dans des sacs en papier. À l'arrière, des gants & une éponge-bâillon & des rouleaux de papier-cache adhésif & de la corde & le sac en toile & de la toile imperméable pour le sol & d'autres sacs-poubelles. Je ne voulais pas salir l'arrière de ma camionnette neuve. (Il n'était pas prévu que du sang coule à l'intérieur, & j'espérais que ça n'arriverait pas, mais les spécimens s'affolent même les plus courageux parfois & ne contrôlent plus leurs sphincters.) & mon couteau à vider les poissons. (Le pistolet je le porterais dans ma poche.) & choisi les cheveux brun-roux bouclés & la moustache lisse de TODD CUTTLER inutilisés depuis des années. Repas au Burger King du haut de la rue & arrêt dans un bar d'étudiants & quelques bières seulement & n'ai parlé à personne & au lit de bonne heure, un seul Mandrax & dormi comme un bébé. Le 25 août me suis réveillé à 6 h 20 excité & la bitte comme une matraque électrique & obligé de me branler deux fois & mon sperme brûlant comme de la lave. Petit déjeuner spécial du Burger King à 3,99 $ & j'ai nettoyé mon assiette & bu du café au point d'être shooté à la caféine & c'était bon. Ménage comme d'habitude. Dit bonjour etc. à Gros-Noir (qui est toujours dans la cuisine en train de faire frire un truc foncé & gras à la poêle) & je crois m'y être pris comme il fallait. Pour leur faire penser, s'ils ne peuvent pas sentir les Blancs, qu'on n'est pas vraiment blanc mais autre chose. Pris une douche & mis le tee-shirt MONT-VERNON UNIVERSITÉ, en coton blanc avec des lettres vertes & un tomahawk indien pour logo. Short de travail kaki sans ceinture, chaussettes & chaussures de jogging. Appelé grand-mère comme prévu. On est jeudi, je suis censé tondre une partie de la pelouse. Mais grand-mère a demandé si je voudrais bien passer prendre sa chère amie Mme Thatch ?... parce que je l'avais déjà fait, & jamais de problème. & donc bafouillé d'accord & après c'était trop tard. Ensuite j'ai pensé *Ça sera peut-être mieux : deux vieilles au lieu d'une*. Continué mes préparatifs. Mis la télé dans ma chambre & suis parti en fermant à clé. 16 h 40 & la maison vide à cette heure-là. Transporté les cartons de poussins de la cave à l'arrière de la fourgonnette garée près de la porte de service. Itinéraire habituel jusqu'à Dale Springs & pris Mme Thatch 13 Lilac Lane à 17 heures. Quatre minutes de route jusque chez grand-mère, 149 Arden. La vieille bavarde non-stop disant *Ta grand-mère a bien de la chance d'avoir un petit-fils aussi attentionné*. Les poussins PIAILLE-PIAILLANT mais derrière la cloison & la vieille bavarde trop pour entendre ou est sourde. Chez grand-mère j'ai bu de la limonade & au bout de quelques minutes, les ai laissées jacasser toutes les deux dans la maison & suis allé garer la fourgonnette à côté du garage dans un endroit invisible de la maison. & mis ma casquette des Tigers & des gants de travail & sorti la tondeuse du garage & commencé à tondre la pelouse de derrière à 17 h 25 dans le sens de la largeur comme d'habitude de la maison vers le fond. À 17 h 35 placé la tondeuse derrière un buisson à peu près au milieu de la pelouse & l'ai immobilisée & laissant le moteur vrombir suis allé jusqu'au garage sans être vu de la maison. Dans la camionnette, mis les cheveux & la moustache TODD CUTTLER & de nouveau la casquette des Tigers. Lunettes noires. À 17 h 52 quitté lentement l'allée de grand-mère & dans Arden pris Locust & en direction du nord vers la ruelle en sens unique parallèle à Lakeview Boulevard & dans la ruelle roulé jusqu'au POINT ZÉRO où je me suis garé, moteur en marche. Ruelle déserte. À l'arrière du véhicule, derniers préparatifs. Ouvert une des portes de derrière & à 18 h 02 posé les cartons de poussins sur le sol & à 18 h 03 ouvert les cartons pour libérer les poussins. Aussitôt PIAILLE-PIAILLANT & agitant leurs petites ailes s'éparpillent & picorent dans les détritus sans rien regarder que les détritus. & je suis resté calme & maître de moi. *Car tout ce qui est arrivé est arrivé. Depuis le commencement des temps.* Vers 18 h 08 aperçu la bicyclette s'engageant dans la ruelle. Cessé ensuite de noter l'heure exacte mais suis resté calme, maître de moi. ÉCUREUIL pédalant dans ma direction comme dans mes rêves. Car comment ne l'aurait-il pas fait. Car quel autre destin. & ÉCUREUIL les yeux écarquillés voyant les poussins de Pâques jaune vif si duveteux & mignons dans la ruelle en travers de son chemin ne pouvait que ralentir & freiner. & à califourchon sur sa bicyclette a ri & dit *Hé que se passe-t-il ? Des poussins ?* & TODD CUTTLER soucieux & énervé dit *J'ai eu un accident, ils se sont échappés, pourriez-vous m'aider ? S'il vous plaît !* & ÉCUREUIL qui est un gentil garçon, confiant & heureux de rendre service a souri & garé son vélo en disant *Avec plaisir !* Se baissant pour attraper deux des poussins voletants & les apportant à TODD CUTTLER penché sur un des cartons à l'arrière du véhicule. Disant *Où en avez-vous trouvé autant ? Ouah ! Génial !* comme si c'était une plaisanterie, une comédie sur MTV. & TODD CUTTLER a souri & dit *Merci !* & ÉCUREUIL s'est retourné pour attraper deux autres poussins près du pneu arrière droit du véhicule & au même instant rapide comme un serpent TODD CUTTLER a glissé un bras étrangleur sous le menton du gosse & de l'autre immobilisé ses bras-moulinets & UN DEUX TROIS coups secs sur la trachée du gosse à presque lui briser le cou & il était K.-O. debout, les jambes molles & inutiles. & en quelques secondes TODD CUTTLER l'a soulevé & tiré dans la fourgonnette, & les portes fermées & verrouillées. & TODD CUTTLER était excité & terrible les yeux exorbités. & sa bitte énorme. & l'éponge fourrée dans la bouche d'ÉCUREUIL & maintenue par du ruban adhésif enroulé autour de sa tête & de ses mâchoires.

& le sac en toile enfoncé sur la tête d'ÉCUREUIL & maintenu aussi avec du ruban adhésif & maintenant le visage & la tête avaient disparu, & le corps du gosse étendu la respiration tremblante. & une tache sombre à l'entrejambe. & l'odeur d'urine. & excité TODD CUTTLER a arraché le jean du gosse & dénudé sa bitte molle mouillée arraché ses propres vêtements & UN DEUX TROIS coups violents dans le scrotum du gosse gémissant & ses propres yeux révulsés il a joui, & joui. & un évanouissement de combien de secondes, ou de minutes, il ne savait pas. & couché sur le gosse tremblant & essayant de calmer son cœur. *Je t'aime, ne m'oblige pas à te faire mal. T'aime t'aime t'aime !* & de la bave lui coulait de la bouche comme un bébé. & les yeux aveuglés par les larmes. & pourtant le sac en toile grattait sa peau brûlante. & le gosse si maigre sous lui, la cage thoracique & la clavicule. & le gosse a repris connaissance & commencé à geindre faiblement dans l'éponge & à agiter bras & jambes. & TODD CUTTLER de tout son poids sur lui pour l'immobiliser. *Ne bouge pas & tout ira bien ! Ne bouge pas & tout ira bien ! Je suis ton ami.* & le gamin terrifié était plus fort que prévu mais TODD CUTTLER était plus fort. Grognant & plaquant les bras du gamin contre ses flancs & enroulant autour de lui une bande de toile & la maintenant avec de la corde comme une camisole de force. & attachant ses jambes, ses chevilles & les mollets & les genoux. & le gosse ne pouvait plus bouger maintenant sauf en se tordant comme un ver blessé. Mais quand même il se tordait, & au fond de sa gorge un gémissement vagissement comme un bébé qui pleure au loin & ça a énervé TODD CUTTLER qui s'est assis à califourchon sur lui les mains autour de son cou où battait le sang en disant, haletant *Je ne te ferai pas mal ! Je ne te ferai pas mal je te le promets ! Mais NE ME RÉSISTE PAS.* & TODD CUTTLER a serré les doigts & secoué & secoué la tête du gosse en la cognant contre le plancher du véhicule jusqu'à ce que le gosse immobile & sans résistance il s'écarte. & réalise où il était & la tâche à accomplir & le danger. Car il semblait avoir oublié le danger. Comme toujours dans ces moments-là. & en regardant sa montre indiquant maintenant 18 h 23 n'a pas compris tout de suite ce que ça signifiait. Puis se ressaisissant & enlevant la perruque & la moustache (qui s'était décollée & pendait sur sa lèvre) & rajustant le short kaki qu'il avait ouvert. & examinant le gosse voyant qu'il respirait, sa cage thoracique montait & s'abaissait par spasmes. Donc ça allait & descendu en vitesse de la camionnette du côté conducteur & pris le volant & dans le rétroviseur la ruelle était toujours vide. & conduit la fourgonnette (le tableau de bord étrangement nouveau & la direction dure & l'encombrement du véhicule inattendu) avec des secousses d'abord & puis plus en douceur à travers le parking de l'église (qui était presque vide, & personne pour lui jeter même un coup d'œil) & puis Pearl Street jusqu'à Arden & à gauche dans Arden jusque chez grand-mère. & pas de bruit à l'arrière. & garé la camionnette comme précédemment. & fermé toutes les portes à clé avec la fermeture automatique. & essayé de voir à l'arrière mais les feuilles de plastique vert foncé bloquaient la vue. & vite ensuite à la tondeuse *qui vrombissait toujours*. Tout ce temps, & *toujours en train de vrombir* les deux vieilles avaient forcément entendu croiraient que j'étais resté là. Recommencé à tondre & trouvé ça apaisant comme ça arrive parfois : d'avant en arrière, d'avant en arrière sur la largeur de la pelouse. & voyant par hasard, en regardant autour de moi – quoi ? – UN CHIEN QUI RENIFLAIT LA CAMIONNETTE ! UN CHIEN ! – & pendant un moment je l'ai fixé figé puis lui ai crié de s'en aller en frappant dans mes mains, & il m'a fixé figé pendant un moment & j'ai hurlé *Rentre chez toi ! Va-t'en !* & le chien a fait demi-tour & descendu l'allée. & est parti. & à 18 h 54 j'ai arrêté de tondre & rangé la tondeuse dans le garage. Jeté un coup d'œil à la camionnette dans l'allée & vu que tout semblait OK & aucun bruit à l'arrière. Entré dans la maison & dit à grand-mère que j'avais fini pour aujourd'hui, la pelouse de derrière était tondue. Il était 19 heures & il fallait que je parte. & grand-mère & l'autre vieille m'ont regardé. & grand-mère a dit *Quentin, ton visage,* & j'ai dit *Qu'est-ce qu'il a ?* & grand-mère a dit *Tu as l'air d'avoir trop chaud, mon chéri, tu devrais aller te rafraîchir.* Donc je suis allé me rafraîchir. & ai vu dans la glace Q… P… me regarder hébété & l'air d'avoir pris un coup de soleil. Une veine éclatée dans l'œil gauche. & le front dégarni. *& ton avenir, fils ?…*

Tu as plus de trente ans. & du ventre, & la ceinture trop serrée si j'avais porté une ceinture ce qui n'était pas le cas, avec ce short kaki. & retour dans la cuisine où grand-mère & l'autre vieille parlaient de Q... P..., je sais. & il m'a traversé l'esprit que je pourrais les tuer toutes les deux maintenant, & l'autre dans la fourgonnette, & me débarrasser des trois corps tout de suite & ça gagnerait du temps. & je n'aurais plus à y penser. Grand-mère disant *Oh Quentin pourquoi ne restes-tu pas dîner* & j'ai dit. & grand-mère a dit *Oh c'est bien dommage ! Je suis sûr que tu manges mal tout seul. La vie de célibataire est difficile.* & j'ai demandé si je devais raccompagner Mme Thatch chez elle maintenant. & Mme Thatch restait dîner apparemment & a dit que oh non elle prendrait un taxi pour rentrer. & j'allais vers la porte & grand-mère s'est écriée *Oh Quentin attends !* & m'a donné une enveloppe censée contenir des \$\$\$ & je l'ai prise & remercié grand-mère & en route. & à côté de la camionnette, qui était la nouvelle Dodge Ram vert-marron étincelant & pas l'autre, IL Y AVAIT DE NOUVEAU LE CHIEN : un chien maigre avec des poils filandreux & une queue recourbée comme celle d'un singe & des yeux vifs & j'ai crié *Va-t'en ! Fous le camp !* & frappé dans mes mains & lancé des coups de pied, & il a détalé. Était-ce le chien d'ÉCUREUIL ? Mon pistolet calibre .38 dans la poche, devais-je le tuer ? Aucun bruit à l'intérieur. Démarré, & reculé de travers dans l'allée & sur la pelouse mais dans la rue roulé sans problème, le volant un peu dur dans ce nouveau véhicule & son encombrement peu pratique. Mais ça allait. Il était 19 h 12. En direction de l'ouest le long de Lakeview dans une circulation ralentie. Ces heures du plan de Q... P... avant de revenir au 118, North Church à la nuit n'avaient jamais été prévues avec précision je me suis rendu compte & n'étaient qu'une masse floue. Comme dans les films où il y a FERMETURE & OUVERTURE EN FONDU sur un autre moment. Mais je ne pouvais pas faire ça. Je n'avais pas ce pouvoir. J'étais *dans* le Temps. & la pendule sans aiguilles, & coincé. & la Dodge Ram brûlait du carburant plus vite que la Ford. *Vous risquez d'être un peu surpris, attendez-vous au prix d'un plein quand vous prendrez de l'essence* avait dit le vendeur. Mais je ne pouvais pas penser à ça maintenant. Me suis garé dans Summit Park au-dessus du lac & ai mangé des Froot Loops parce que j'avais faim, & bu du vin en veillant à garder la bouteille cachée dans le sac. Car un flic pouvait voir, & venir m'interroger. & le pistolet calibre .38 dans ma poche impossible de m'en servir sans risque parce qu'on entendrait le bruit de la détonation. Parce que c'est la faiblesse d'une arme à feu, & la raison pour laquelle un couteau est préférable. Mais tuer n'importe quel être vivant avec un couteau n'est pas facile. On tâche de l'éviter si on peut. Le soleil était encore haut dans le ciel au-dessus du lac & je pensais *Il ne va jamais faire nuit*. Une ligne de nuages noirs déchiquetés comme des dents cassées en lisière du lac & un ciel plus clair au-dessus. & mon ZOMBI un fardeau & pas la joie que j'imaginais. & j'ai fini la première bouteille & dû somnoler au volant & me suis réveillé en entendant un grognement qui sortait de ma propre gorge. & il faisait encore jour ! & le soleil flamboyant au-dessus de la même ligne de nuages. Comme un œil aveugle, mais flamboyant quand même. & les vagues du lac Michigan clapotantes & tièdes dans la chaleur. Des vagues toxiques disait Junie. Qu'avons-nous fait à la nature ! disait Junie. *Elle te regardera dans les yeux & saura : & que dois-tu faire ?* Je me suis retourné pour regarder la cloison de contreplaqué derrière les sièges & elle était... juste là. & aucun bruit de l'autre côté. & pendant un moment impossible de me souvenir de qui se trouvait là... lequel de mes spécimens. Car tout ce qui arrive, est arrivé. & arrivera de nouveau. & me rappelant ensuite le gosse sortant de la piscine... si étincelant de vie. & commencé à ressusciter, & excité. Parce qu'il *m'appartenait* maintenant, & pour toujours. Dans la maladie & la santé & jusqu'à ce que la Mort se barre. Donc j'ai démarré & traversé l'aire de pique-nique, tous ces gens ! des familles ! plein d'enfants ! l'odeur de la viande grillée sur des charbons, & traversé lentement le parc & cette pensée bizarre m'est venue *Oui mais tu pourrais le libérer même maintenant, le lâcher dans les bois & quelqu'un le trouverait. Car c'est* TODD CUTTLER *qu'il a vu & pas Q... P...* Mais il m'avait énervé. Toujours ils finissent par vous énerver, & vous donner envie de punir. À me narguer & me suivre dans ma tête toutes ces semaines. Me traversant du regard chez Humpty

Dumpty comme s'il n'y avait personne là où j'étais assis. & me provoquant, ce sourire à fossettes en coin & ces yeux verts. & je me dirigeais vers Mont-Vernon en longeant le lac & sentis un avertissement. & allumé la radio pour écouter les nouvelles, car il était 20 h 08 maintenant & l'absence d'ÉCUREUIL avait dû être remarquée. & peut-être la police avait-elle été prévenue ? & commencé ses recherches, & installé des barrages routiers ? Il n'y avait rien aux informations. Mais ça pouvait être une ruse. De toute façon je ne pouvais pas rentrer à la maison avant la tombée de la nuit, & qu'il fasse noir. *& c'est là que tu foires, Quentin, malgré tous tes plans.* J'entendais la moquerie dans le ton de Papa mais sans lui en vouloir. & donc décidé brusquement de faire demi-tour & d'aller au nord de la ville finalement, sur la R-31 que je connais aussi bien que mon visage. & donc dépassé Holland, & Muskegon & vers 21 h 20 & la nuit j'étais au-delà de Ludington & dans la forêt de Manistee & me sentant bien sachant que j'avais pris la bonne décision. Parce que ce n'était pas vrai, ce que j'avais dit à l'avocat de Papa. Que les flics de Mont-Vernon patrouillaient dans North Church & me harcelaient. Pourtant il semblait évident maintenant que *c'était vrai*. & je ne le savais pas. & la disparition d'ÉCUREUIL à Dale Springs mettrait la police sur la piste des *délinquants sexuels connus* dans les environs. & combien y en aurait-il : des dizaines, une centaine. & Q... P... sur l'ordinateur avec eux. & donc c'était malin de s'éloigner de Mont-Vernon, & je me suis garé au bord d'un sentier forestier & suis allé à l'arrière de la fourgonnette & la lumière s'est allumée & l'odeur d'urine m'a piqué le nez & excité & j'ai vu le corps, le gosse, allongé sur le dos, la tête cachée par le sac en toile, en partie nu & sa cage thoracique maigre se soulevant *respirant encore ! encore en vie.* J'avais écrasé quelque chose dans sa gorge je crois – trachée ? larynx ? & donc l'avais attaché avec du ruban adhésif & de la corde comme un enfant attacherait quelqu'un en faisant des tours & des tours. *Bonjour* j'ai dit. *Salut.* Accroupi sur lui & touché & caressé & pressé mais le petit pénis était mou & froid comme quelque chose de mort, je l'ai serré pour le réveiller un peu & ses muscles se sont contractés & il a semblé crier dans l'éponge. J'ai arraché le sac en toile... & il y avait son visage. *Son* visage, mais changé. & plus si beau maintenant. La partie inférieure couverte de ruban adhésif mais les yeux se sont ouverts. *Maintenant tu vois mon vrai visage, maintenant tu connais ton Maître.* L'ai arrosé d'eau d'Évian & ses yeux ont accommodé & j'ai vu la terreur au fond. *Je ne te ferai pas de mal, je suis ton ami. Si tu ne me résistes pas.* La voix tendre & cajolante. Mais il ne semblait pas entendre. Il y avait la terreur dans ses yeux, & son corps tendu dur comme une planche. Un gosse laid au nez plein de sang coagulé, & il commençait à m'énerver. Sa bitte ratatinée si petite, comme celle d'un enfant de dix ans, & ce regard dans ses yeux. & roulant la tête, & essayant encore de résister – de *me* résister ! – faible comme un ver coupé. MON ZOMBI. Osant *ME RÉSISTER* ! &

perdant mon sang-froid je l'ai retourné sur le ventre & à califourchon sur lui & l'attrapant par sa petite natte lui cognant le visage contre le plancher & l'enculant ma bitte énorme déchirant la peau & du sang, UN DEUX TROIS coups à lui percer les entrailles comme une épée *Qui est ton Maître ? Qui est ton Maître ?* QUI EST TON MAÎTRE ?

47

Est-ce que les os flottent ?
& si oui, mais sans chair dessus, & les os eux-mêmes éparpillés & perdus les uns pour les autres, quelle *identité* y a-t-il. Je n'y pense jamais.

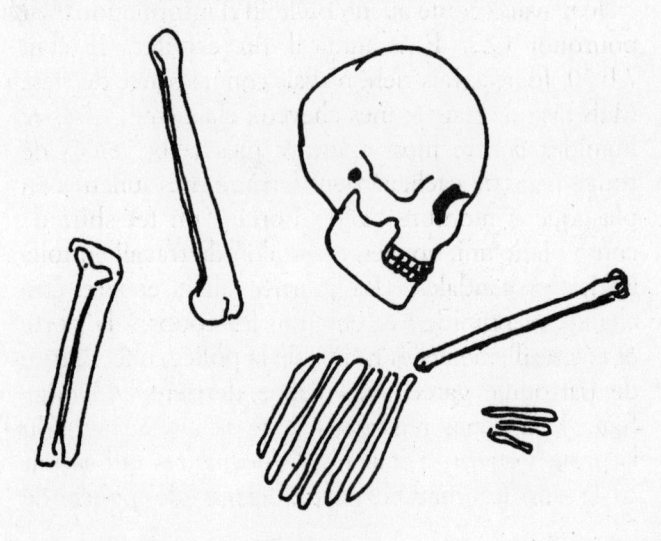

48

Le 26 août & j'étais à peine arrivé à la maison & sorti de la douche & en train de commencer mes tâches de GARDIEN de la journée qu'on a frappé fort à la porte d'entrée. & j'ai su.

Je n'avais écouté aucun bulletin d'information. Car pourquoi Q… P… aurait-il dû écouter. Il était 7 h 50. Je ne savais rien, n'avais connaissance de rien. Mais rasé de frais & mes cheveux clairsemés lissés & humides contre mon crâne & mes yeux veinés de rouge mais ne cachant rien derrière mes lunettes en plastique à monture claire. Portant un tee-shirt de coton blanc uni, un vieux pantalon de travail en toile kaki, des sandales. (La journée allait encore être chaude & humide.) & entendu les coups à la porte & ce grésillement des radios de la police, une voiture de patrouille garée dans l'allée derrière la Dodge Ram. Je n'ai pas regardé mais je savais. & entendu la porte s'ouvrir, c'était un des locataires qui sortait & là sur les marches deux agents de police de

Mont-Vernon. & leurs voix demandant si Q... P... demeurait bien ici ? & moi glacé paralysé dans le couloir en pensant à la citerne ! la table d'« opération » ! le matériel chirurgical ! les provisions, les couvertures & la grande glace ! & dans la chambre du GARDIEN les souvenirs polaroïd de mes ZOMBIS ratés, & le souvenir dans le formol de BALAISE, & d'autres choses que seuls les yeux de Q... P... devaient voir. La Dodge Ram j'avais pris la précaution de la nettoyer aussi bien que possible, avant l'aube travaillant comme un fou pieds nus & torse nu à laver toute trace. Car il y avait peu de sang *dans* la camionnette, surtout de la pisse & l'odeur tenace de la pisse. Mes habits tachés, perruque etc. je les avais déchirés & enterrés dans tellement d'endroits différents le long de la R-31 que Q... P... lui-même ne s'en souviendrait jamais. & mon pistolet calibre .38, les couteaux & mon unique souvenir d'ÉCUREUIL je les avais mis en lieu sûr loin du 118, North Church.

Mais pas d'autre solution que d'avancer, & de déclarer : *Oui je suis Q... P...* & calme & perplexe allant vers les agents de police à la porte, l'un en uniforme & l'autre en costume & cravate. M'ont salué & demandé si je voulais bien sortir. Mais je ne l'ai pas fait. & ne les ai pas non plus invités à entrer. Car ce n'était pas une arrestation comme le jour où le petit Noir s'était enfui en braillant dans la rue & qu'ils m'avaient tiré hors de la fourgonnette & jeté sur le ventre & le visage dans les détritus & menotté dans le dos en me faisant crier de douleur. Ils ne venaient pas m'arrêter... n'est-ce pas ? Seulement m'interroger. Parce qu'il y avait beaucoup de noms sur l'ordinateur, de *délinquants sexuels connus*. Parce qu'ils n'avaient pas de preuve, & pas de mandat sinon ils seraient déjà en train de fouiller la maison. *Ne les laissez pas entrer,* avait dit l'avocat de Papa. *N'allez nulle part avec eux de votre plein gré. S'ils continuent à vous harceler, appelez-moi. À n'importe quelle heure du jour ou de la nuit... appelez-moi.* Ils demandaient s'ils pouvaient entrer & j'ai secoué la tête non, je pensais que non. Polis ils ont encore demandé si je voulais bien sortir & poli raisonnable j'ai dit, en essayant de ne pas bégayer, que je ne pensais pas. & ça les a étonnés, eux qui sont habitués à intimider les citoyens. Je leur ai demandé ce qu'ils voulaient ? & ils m'ont regardé, le plus vieux celui avec le costume & la cravate en se mordant la lèvre : *Tu sais ce que nous voulons, mon garçon, non,* & j'ai secoué la tête non, non je ne savais pas, & me suis forcé à le regarder dans les yeux, & je n'y ai vu aucune certitude, ni sur le visage de l'autre. & ça a duré quelques minutes. & ce que je savais était que je savais, & pas eux. & que je connaissais mes droits de citoyen. & ne céderais pas au harcèlement policier envers un homme en liberté surveillée, n'ayant commis aucune infraction. & un homme qui est « gay » & ne le clame pas sur les toits mais n'en a pas honte non plus, & n'est coupable de rien à cause de cela non plus. & finalement ils ont parlé d'un « jeune garçon » qui avait été « enlevé » la veille au soir à Dale Springs & il n'avait pas réapparu & on avait trouvé sa bicyclette dans une ruelle & ils voulaient juste me poser quelques questions, ce que je pouvais savoir de cette histoire, ou avoir entendu dire, etc., ici ou au commissariat du quartier, & si je n'avais pas d'objection ils aimeraient jeter un coup d'œil dans la maison. & j'ai secoué la tête & répété que non je ne pensais pas, mon avocat m'avait conseillé de l'appeler si j'avais des ennuis quelconques avec la police, si j'étais harcelé d'une façon ou d'une autre & je voulais l'appeler maintenant.

& il y a eu un silence. & les flics debout à me regarder, & je suis resté sur le seuil sans reculer d'un centimètre.

Le policier en civil a dit : *D'accord, mon garçon. Appelle ton avocat. Appelle-le tout de suite. On ne bougera pas d'ici.*

Donc j'ai appelé l'avocat de Papa chez lui. & la voix jeune & blessée comme celle d'un gosse lui ai raconté ces dernières tracasseries. Pour un « enlèvement » dont je ne savais rien, n'ayant pas regardé les informations, & avaient-ils le droit de m'arrêter ? Sans preuve, le droit de m'arrêter ? & l'avocat de Papa a parlé pour me rassurer me disant quels étaient mes droits, mais que je ne devais pas essayer de quitter les lieux. Ils attendaient certainement un mandat de perquisition. De l'endroit où je me trouvais dans ma chambre je les voyais tous les deux plus un autre, un flic en uniforme dans l'allée examinant la Dodge Ram qui étincelait au soleil, tournant autour

& regardant à l'arrière (j'avais enlevé la cloison de contreplaqué naturellement & les bandes de plastique des fenêtres) & voyant… quoi ? Rien. Il n'y avait rien à voir. Mais ils n'osaient quand même pas entrer dans la camionnette parce que s'ils découvraient des preuves, ils les auraient obtenues illégalement, & elles n'auraient aucune valeur.

L'avocat de Papa a dit qu'il arrivait, & de ne pas parler davantage à la police surtout de ne leur donner aucune information aussi innocente soit-elle & de ne pas leur permettre d'entrer, & j'ai répondu d'accord, & raccroché. Combien de temps avant qu'ils pénètrent dans la maison ! Tout de suite j'ai jeté la dent de SANS-NOM dans les toilettes, hors de ma poche disparue pour toujours. & ensuite, la bouteille de formol dans l'armoire & foncé dans la cuisine & dit à deux des locataires faisant chauffer une bouilloire que j'allais désinfecter par fumigation, désolé il fallait qu'ils sortent quelques minutes pour raisons de sécurité mais la bouilloire pouvait rester sur la cuisinière etc. Donc ils sont sortis, c'étaient Akhil & un jeune étudiant en chimie égyptien, & j'ai vidé BALAISE dans l'évier & avec un couteau piqué découpé & fourré les morceaux dans le broyeur d'ordures & mis le broyeur en route avec un vrombissement aigu. & le formol versé dans le trou d'écoulement, mes yeux qui piquaient & j'ai failli vomir, & saupoudré l'évier de poudre à récurer & frotté avec un tampon métallique, & après ça du Drano dans la poubelle, & dans le bocal aussi, pour combattre l'odeur puissante du produit chimique, & je crois que ça a marché. & encore une fois mis le broyeur en route, pulvérisant juste des morceaux de savonnette & tout était lisse & propre & sentait le propre. & la bouilloire bouillait & chantait, alors je l'ai enlevée du feu & rappelé Akhil & son ami, & dit que la désinfection était terminée, & qu'ils ne couraient plus de danger maintenant. Retour dans ma chambre ensuite (les flics étaient toujours dans l'allée... SALOPARDS ! Envie de leur crier par la fenêtre SALOPARDS ! Toujours à me HARCELER & me POURRIR la vie !) & déchiré le plan de l'itinéraire suivi par ÉCUREUIL & les Polaroïd & les ai brûlés dans le lavabo de la salle de bains & rincé les cendres & à nouveau récuré au tampon métallique. & en bas dans la vieille cave traîné la table de la citerne à la nouvelle cave. Posé un panier de linge dessus. & un paquet de Tide géant. Le pic à glace & les couteaux je les ai remontés dans la cuisine & jetés dans un tiroir plein d'ustensiles du même genre. & le petit instrument tranchant en argent empoché par Q... P... dans le cabinet du docteur Fish est allé dans mon armoire à pharmacie avec brosse à dents, fil dentaire etc., car c'était sa place logique & je ne voulais pas perdre un instrument aussi précieux. Car d'autres spécimens attendaient j'en étais sûr, & je n'allais pas me laisser harceler & intimider par ces salopards au point de renoncer à mes droits. Les pansements, gaze, etc., sont allés dans un placard du garde-manger, & la nourriture & l'eau d'Évian. La grande glace je l'ai traînée dans la nouvelle cave & mise dans un coin avec de vieux meubles. Dans la glace Q… P… le visage huileux & renfrogné & le front qui se dégarnit pour de bon, la lumière miroitant sur ses lunettes. *Un homme responsable force sa chance.* Mais j'étais en pétard.

Un point positif, Maman & Papa sont loin. Lorsqu'ils entendront parler de cette humiliation, tout sera fini.

L'avocat de Papa est arrivé, & peu après une autre voiture de police & ces salopards avaient un mandat de perquisition & impossible de les arrêter. Deux se sont attaqués à la Dodge Ram – j'ai été obligé de leur donner les clés – & les autres à la maison. & l'avocat a précisé que la perquisition ne pouvait être opérée que dans certaines parties de l'habitation parce que les chambres des locataires étaient privées & ne devaient pas être mises sens dessus dessous par une fouille. & donc ils ont fouillé la chambre du GARDIEN bien sûr, en saccageant tout, & la cave & le grenier & les pièces du rez-de-chaussée, placards, etc. & N'ONT RIEN TROUVÉ. PARCE QU'IL N'Y AVAIT RIEN À TROUVER.

Ce jour-là aussi j'ai été interrogé sur le gamin disparu dont le nom m'était inconnu : *James* ou « *Jamie* » *Waldron*. L'avocat de Papa était là bien sûr, pour protéger mes droits. Parce que Q… P… ne savait rien de ce garçon & ne pouvait que répéter & répéter quelques faits. Que j'avais travaillé dans le jardin de grand-mère de 17 à 19 heures & m'étais ensuite rendu à Summit Park dans l'espoir d'y trouver de la fraîcheur & avais mangé un morceau dans un McDonald's voisin & qu'ensuite – car l'idée lumineuse m'était venue que, bien sûr, ils vérifieraient le compteur du nouveau véhicule & noteraient le kilométrage – j'avais roulé en bordure du lac & dans University Heights, longtemps, *dans l'espoir de trouver de la fraîcheur*. À ce moment-là l'avocat de Papa avait téléphoné à grand-mère & à Mme Thatch, pour avoir confirmation que je me trouvais chez grand-mère aux heures dites, & toutes les deux avaient assuré catégoriquement que oui. Grand-mère avait dit que son petit-fils était le jeune homme le plus gentil & le plus attentionné du monde, qu'il venait la voir souvent & rendait des services non seulement à elle mais à ses amies. & étant donné que l'enlèvement du gamin était censé s'être produit entre 18 heures, heure à laquelle il avait quitté son lieu de travail, & 18 h 40, heure à laquelle son vélo avait été découvert abandonné dans une ruelle à 1,5 kilomètre de son domicile, *il était impossible* que Q... P... y soit mêlé en rien.

Il y avait aussi le mystère des poussins dans la ruelle. Aucun habitant du voisinage ne les avait réclamés ni identifiés. Personne n'avait jamais vu de poussins à cet endroit. Il n'y avait pas non plus la moindre poule d'âge adulte dans le quartier. Le policier en civil a parlé avec perplexité de ce fait : TRENTE-SIX POUSSINS en liberté & picorant dans les détritus de la ruelle, & le vélo coûteux du garçon à proximité appuyé sur sa béquille. Ce qui laissait supposer qu'il n'avait pas été enlevé de force mais avait accompagné son ravisseur, ou quelqu'un d'autre, de plein gré. Quel lien pouvait-il y avoir entre le garçon disparu & les poussins ? *À moins qu'il n'y ait pas de lien du tout ?* Q... P... silencieux & les sourcils froncés & rien à dire, car il n'avait pas d'idée. L'avocat a dit d'un ton sceptique : *Peut-être cet enfant a-t-il voulu faire une plaisanterie & n'a-t-il pas disparu du tout. Une farce de lycéen.*

Le policier en costume-cravate s'est mordu la lèvre & a dit *Si c'est le cas, ce n'est pas très drôle. Non ?*

Les flics avaient fini leur fouille au premier & au rez-de-chaussée, & sont sortis. Il était 12 h 40. Je n'avais rien mangé depuis 6 heures, des Froot Loops avalés avec de l'eau d'Évian tiède-infecte sur la route 31 en revenant de la forêt de Manistee. De la rivière sans nom étroite & profonde & rapide où mon ZOMBI raté ÉCUREUIL gisait nu & la gorge tranchée au moment d'entrer dans l'eau pour qu'elle emporte le sang dans un infini si vaste qu'il ne pourrait jamais être retrouvé, & son corps maigre lesté avec de la toile & des pierres & ne remonterait jamais sauf quand les os se sépareraient les uns des autres, dépouillés de chair & d'identité. Il y aurait le crâne & les dents du crâne il paraît qu'on peut les identifier... MAIS UN CRÂNE FLOTTE-T-IL ? Je ne pense pas qu'il puisse flotter, étant donné son poids.

L'éponge-bâillon, les bandes de ruban adhésif

autour de ses mâchoires je les avais laissées en place. À la fin, j'avais travaillé vite.

Le policier a dit merci & au revoir pour aujourd'hui & n'avait pas l'air sarcastique mais seulement fatigué. & dans l'allée je l'ai vu parler à un des flics plus jeunes, en uniforme. & j'ai interrompu l'avocat qui parlait de *poursuites pour harcèlement* si ça devait se reproduire, & dit : « Peut-être... peut-être que je pourrais leur p... parler, après tout.

— Pardon ?

— Aux policiers. Peut-être que je pourrais leur parler. » J'avais du mal à déglutir, la gorge desséchée, & pas de CONTACT VISUEL avec l'avocat de Papa. « Juste une m... minute, tout seul ? »

L'avocat regardait Q... P... comme s'il ne m'avait jamais vu. & n'aimait pas ce qu'il voyait. Sa tête avait la forme d'une ampoule & pâle & presque chauve, de minces bandes de cheveux frisottés. Il avait l'âge de Papa & un ami de Papa je crois à une époque où tous les deux étaient jeunes. Il a dit : « Tu as perdu la tête ? Il n'en est pas question.

— D'accord », j'ai dit.

49

La fête du Travail, & quelques jours plus tard. Junie a téléphoné & laissé un message sur le répondeur. Est-ce que j'avais vu le journal du matin. Quel choc... cette information sur le docteur M... K...
Papa va être bouleversé disait Junie.

N'ai pas eu l'occasion d'écouter ce message avant plusieurs jours, & à ce moment-là le journal de ce jour-là ne se vendait plus. Je ne savais même pas exactement quel jour c'était.

50

La fête du Travail, & le début du trimestre d'automne à l'université. & sur nos neufs locataires il y en a cinq nouveaux, qui viennent de s'installer. Tous étrangers. Des étudiants de troisième cycle en sciences surtout. Venus d'Inde, de Chine, du Pakistan, du Zaïre, d'Égypte, des Antilles. Papa dit que ce sont les meilleurs locataires & il a raison. Tous sombres de peau & polis & timides & parlant notre langue avec soin. Je suis Q... P... GARDIEN & présenté comme tel.

Je reprends mes médicaments selon la prescription du docteur E... Trois fois par jour au moment des repas. & pour m'aider à dormir si nécessaire. L'*absorption d'alcool* est déconseillée quand on prend du lithium mais ça ne m'a jamais posé de problème. Le but est de *maintenir un équilibre émotionnel* comme dit le docteur E...

Pas le moral ces derniers temps. Depuis POINT ZÉRO etc. Déprimé. Mais je n'y pense pas, & les médicaments aident. Servent à ça. & inutile d'accuser les autres, comme Papa ou grand-mère. (J'ai arrêté le jardinage chez grand-mère pour un temps indéfini. & de la conduire à droite & à gauche comme un taxi. Plus question de donner dans ces foutaises. Ça ne vous apporte que des ennuis.)

Jean-Paul des Antilles, chemise blanche & une coiffure afro d'enfer, short, sandales, mollets musclés luisants sang-de-bœuf. A abordé Q… P… au Burger King & dit bonjour, vraiment sympa. Étudiant boursier de troisième cycle en économie. Si rapide & amical que je n'ai pas pu éviter le CONTACT VISUEL. Mais cela ne se reproduira pas.

Ni aucun d'eux sous ce toit. Je n'y pense jamais.

51

Lundi 16 h-16 h 50 Centre médical de Mont-Vernon de l'autre côté du campus, par beau temps j'y vais à pied & par mauvais temps en Dodge Ram. Le docteur E... dit *Alors, Quen-tin. Cet air vif de l'automne est tonifiant, hein. Après ce long été étouffant.*

Il y a un double sens dans cette phrase je sais. *L'été* étant la période où Q... P... a été harcelé & humilié par la police de Mont-Vernon. Mais je souris & dis OUI DOCTEUR. NON DOCTEUR. Assis & souriant & les cheveux coupés & coiffés différemment. L'avocat de Papa a demandé un rapport au service du contrôle judiciaire du Michigan & donc il est su de nous que les espoirs du docteur E... concernant son patient Q... P... sont « très bons ». Q... P... « fait incontestablement des progrès ».

N'empêche que je ne suis pas à l'aise dans le cabinet du docteur E... Je suis assis en face de son bureau & fixe le sol. Ou mes mains que j'ai nettoyées à la brosse. La montre de YEUX-RAISIN à mon poignet gauche & son cadran secret où je regarde le clignotement bronze des chiffres minuscules. & autour de mon poignet droit mon unique souvenir d'ÉCUREUIL.

Le docteur E… demande si j'ai des rêves à raconter aujourd'hui. Il y a une volée de feuilles contre la fenêtre derrière lui & le ciel s'assombrit vraiment tôt. Assis & je fronce les sourcils & une sueur huileuse sur mon front & ma lèvre supérieure & un long silence. Puis je dis *Un rêve où j'étais dans de l'eau.* & le docteur E… dit *Oui ? & alors ?* & je ne trouve rien d'autre & il dit en m'encourageant comme on encouragerait un petit enfant à parler *Est-ce que tu nages dans cette eau, Quentin ?* & je secoue la tête en disant *Je ne crois pas, je suis peut-être juste dans l'eau. & l'eau me cache & m'emporte.* & le docteur E… dit *& qu'arrive-t-il dans ton rêve, Quentin ?* & je dis *Je ne sais pas. Je suis juste là.*

Il fait paisible aussi dans le cabinet du docteur E… C'est réconfortant. Maman & Papa sont contents des *progrès* de leur fils & espèrent que je continuerai à voir le docteur E… après ma période de mise à l'épreuve. Junie aussi a dit avec son air grave & sérieux qu'il y avait *incontestablement une amélioration chez Quen.*

16 h 49 enfin. Le docteur E… renouvelle mon ordonnance. Demande si j'ai quelque chose à lui demander & je ne trouve rien & MERCI DOCTEUR & la séance est terminée.

52

Car tout ce qui est arrivé, est arrivé. Depuis le commencement des temps. Je l'accepte.

Un jeudi sur deux à 10 heures M. T… mon contrôleur judiciaire. Mardi 19 h-20 h 30 thérapie de groupe avec le docteur B… Lundi & jeudi ramassage des ordures. Poubelles de plastique jaune à sortir sur le trottoir.

Il y a un changement dans ma vie : je ne suis plus inscrit à l'IUT mais aux cours du soir de l'université (campus de Mont-Vernon dans le centre) INTRODUCTION À LA COMPTABILITÉ lundi & mercredi 19 h-20 h 20. Parce que R… P… enseigne à l'université mes frais de scolarité ne sont que de 200 $. Je les *paye* de ma poche.

Un nouveau McDonald's vient d'ouvrir dans la 3e Rue à deux pâtés de maisons à peine du 118, North Church. Bannières jaune vif claquant au vent & BON DE RÉDUCTION SUR LE BIG MAC SPÉCIAL pour les premiers clients. Aperçu Jean-Paul dans un des box avec une femme, je crois. La peau claire & celle de Jean-Paul de ce noir-brun intense. Mais je n'ai pas très bien vu. Je ne regardais pas, & n'ai pas été vu.

53

Un vrai ZOMBI serait à moi pour toujours. Il obéirait à tous les ordres & les caprices. En disant « Oui, maître » & « Non, maître ». Il s'agenouillerait devant moi les yeux levés vers moi en disant : « Je t'aime, maître. Il n'y a que toi, maître. »

& c'est ce qui se passerait, & c'est ce qui serait. Parce qu'un vrai ZOMBI ne pourrait pas dire quelque chose qui *n'est pas,* seulement quelque chose qui *est.* Ses yeux seraient ouverts & transparents mais il n'y aurait rien à l'intérieur qui *voie.* & rien derrière qui *pense.* Rien qui *juge.*

& il n'y aurait pas non plus de *terreur* dans les yeux de mon ZOMBI. Pas de *souvenirs.* Car sans *souvenir* il n'y a pas de *terreur.*

Un ZOMBI ne jugerait pas bien sûr. Un ZOMBI dirait : « Dieu te bénisse, maître. » Il dirait : « Tu es bon, maître. Tu es généreux & miséricordieux. » Il dirait : « Encule-moi à me défoncer les boyaux, maître. » Il mendierait sa nourriture & il mendierait l'air qu'il respire. Il serait toujours respectueux. Il lécherait avec sa langue comme demandé. Il sucerait avec sa bouche comme demandé. Il écarterait ses fesses comme demandé. Il ferait l'ours en peluche comme demandé. Il poserait sa tête sur mon épaule comme un bébé. Ou je poserais ma tête sur son épaule comme un bébé. Couchés sous les couvertures de mon lit dans la chambre du GARDIEN nous écouterions le vent de novembre & les cloches de la tour du conservatoire de musique & NOUS COMPTERIONS LES COUPS DU CARILLON JUSQU'À NOUS ENDORMIR EXACTEMENT AU MÊME MOMENT.

54

Junie a dit : *N'en parle pas à Papa. Il a le cœur brisé.*

& Maman a dit : *Ton père a pris vingt ans ! Mais quand tu le verras, fais semblant de rien.* La nouvelle ne me paraissait pas importante, pas plus que la majorité des nouvelles qu'on voit à la télé ou qu'on lit dans le journal. C'était en fait une nouvelle d'il y avait longtemps. & le docteur M… K… était mort & à l'abri des ennuis. UN LAURÉAT DU PRIX NOBEL CONVAINCU D'AVOIR MENÉ DES EXPÉRIENCES D'IRRADIATION DE 1953 À 1957. COMPARÉ AUX MÉDECINS « NAZIS ».

J'ai vu la photo du docteur K… le vieux mentor de Papa au Washington Institute & lu l'histoire du scandale comme ils l'ont appelé dans les médias. Le docteur K… avait dirigé une équipe de scientifiques se livrant à des expériences secrètes pour le ministère de l'Énergie. L'une de ces expériences avait consisté à donner à boire du lait radioactif aux trente-six enfants intellectuellement déficients d'une école de Bethesda dans le Maryland. Une autre, à exposer les testicules de détenus à des « radiations ionisantes » dans différentes universités de Virginie. Pourquoi cette vieille nouvelle était révélée maintenant si longtemps après & pourquoi les gens faisaient semblant de s'y intéresser, je n'en sais rien. Mais il y avait de quoi rire.

Une chance pour Papa & Maman qu'ils aient été à Mackinac lorsque le scandale a éclaté. Les journaux & la télé & *People* & *Time* etc. Papa a évité l'embarras d'être appelé par des journalistes & d'avoir à faire une déclaration. Plus tard il a déclaré publiquement *Expérimenter sur qui que ce soit sans son consentement informé est inacceptable mais je connaissais le docteur K... & il m'est impossible de le croire capable de tels actes. Il doit y avoir une erreur.* En privé il disait *Quelle injustice envers un mort !* Enlevant ses lunettes & se frottant les yeux. & son trou du cul de bouche en tweed pincé de douleur. *La réputation d'un grand homme salie de façon posthume, alors qu'il ne peut plus se défendre !*

De cela je n'ai pas parlé avec Papa, & ne le ferai pas. Il n'y a pas ce genre d'intimité entre nous. Ou Papa me parlant des tracasseries de la police au moment de la disparition du *jeune Waldron.*

Mais Papa a enlevé les photos encadrées du docteur M... K... & de lui de son bureau de l'université, & de la maison. Si grand-mère a encore la sienne sur le mur de la salle à manger je n'en sais rien. Je ne vais plus jamais chez grand-mère. Ni à Dale Springs sauf quelquefois pour emprunter des $$$ à Maman.

55

Une journée est longue & donc le temps a été long. Depuis POINT ZÉRO. Je ne m'éloigne pas de la maison dont je suis le GARDIEN. Confiée à mes soins par Papa & Maman. Sauf certains week-ends où je prends la Dodge Ram (qui tient si bien la route, & a l'air si majestueuse) pour aller à Detroit par l'I-96 & une fois en longeant le lac Érié à Toledo que je ne connaissais pas. & Ann Arbor où l'université est encore plus grande que celle de Mont-Vernon, une fête de la Gay Pride en octobre. En revenant par l'I-94 au petit matin peut-être & le ciel plissé & froncé bizarrement gris rosé & des panneaux orange vif volant à ma rencontre TRAVAUX CIRCULATION SUR UNE SEULE VOIE 60 KM/H mais c'est trop tôt & l'autoroute est déserte. & le BOUM BOUM BOUM de la chaussée comme un battement de cœur. Comme si la Dodge Ram & Q... P... n'avaient qu'un seul battement de cœur. & je suppose que je suis heureux, ou paisible en tout cas. & parfois des auto-stoppeurs.

Ne voulais pas que ça arrive mais nos yeux se sont rencontrés. & il était défoncé, & excité, & haletant comme un étalon. & dans les toilettes dégoûtantes de l'aire de repos JOUISSANT *si fort que c'était comme de la lave bouillante.* & une fois en novembre incapable de tenir en place roulé vers le nord sur la R-31 en direction de la forêt de Manistee. & il neigeait & le paysage avait changé. Comme un endroit nouveau ou même une planète où je ne pouvais pas me repérer. Impossible de retrouver la route que j'avais prise avec ÉCUREUIL & donc de trouver la rivière. Me suis perdu, furieux comme tout de prendre l'est pour l'ouest (mais il n'y a pas de routes directes) & abouti à Big Rapids à l'autre extrémité de la forêt. La plupart du temps maintenant je prends mes médicaments comme prescrit par le docteur E... Trois comprimés par jour, au moment des repas. Cela me fait bafouiller quelquefois & somnoler au volant & pendant INTRODUCTION À LA COMPTABILITÉ où je m'assois au fond de la salle. Mais côté humeur, ça va & je suis moins en colère & les CONTACTS VISUELS ne me gênent pas. Pourvu que ce soit ACCIDENTEL & pas volontaire (de ma part). Akhil frappant à ma porte par exemple & disant : *Excusez-moi monsieur il y a un problème dans les toilettes du premier je crois.*

Jean-Paul qui est nouveau dans la maison & pose toujours des questions, par exemple en bas dans la cave où il y a une machine à laver & un séchoir INTERDITS aux locataires mais je lui ai permis de s'en servir un jour, contre la promesse qu'il ne dirait rien aux autres locataires. & sans arrêt besoin de l'aide du GARDIEN. *Je suis habitué à ce qu'une femme s'occupe de mon linge* dit Jean-Paul en riant.

La plupart des soirs je ne sors pas, pas les moyens. Obligé de mendier des miettes à Maman & Papa. Mange des trucs à emporter de chez Burger King, Taco Bell, etc. & bois des packs de six en regardant des vidéos pornos. Ou la télé en zappant d'une chaîne à l'autre. Difficile de regarder une chaîne plus de vingt secondes, ou dix. Plusieurs fois pendant l'automne vu *M. & Mme Waldron les parents du petit « Jamie » disparu* lançant leur appel sur la chaîne régionale. & des photos de « Jamie » & même des séquences vidéo, tournées en famille. & voilà ÉCUREUIL souriant en train de me faire signe de la main, & ÉCUREUIL en train de jouer au basket à l'école, & ÉCUREUIL recevant un trophée quelconque & un commentaire disant *Si vous avez la moindre information appelez la ligne* JAMIE *24 heures sur 24 une récompense de 50 000 $ est offerte pour toute information permettant la découverte de* & M. & Mme Waldron disant toujours la même chose *Nous sommes convaincus que notre fils est toujours en vie, nous sommes convaincus que nous le reverrons, vivant* & Mme Waldron pleure & M. Waldron essaie de ne pas pleurer. & énervé je dis, tout haut & écœuré *Qu'est-ce que vous racontez... Vivant ? Pourquoi devrait-il être vivant ? Pourquoi est-ce que LUI devrait être vivant, bordel ?* & je dis *Connards, maintenant vous savez.* & change de chaîne, écœuré.

En novembre vers Thanksgiving une information inattendue aux actualités de la chaîne régionale, quelqu'un prétendant avoir « aperçu » le jeune garçon disparu en train de faire du stop à Chicago. Mais ça s'est arrêté là autant que je sache.

56

Junie a été ma GRANDE SŒUR toute ma vie. Elle est mon aînée de cinq ans. & aussi grande, & peut-être le même poids. A failli faire partie de l'équipe olympique de natation à l'université, & championne de *lacrosse*. Aujourd'hui PRINCIPALE du collège de Dale Springs.

Junie s'est toujours intéressée à Q... son petit frère. Son frère unique dans la famille. Au lycée quand j'ai eu des problèmes émotionnels & l'année où j'ai commencé des études à l'université du Michigan & foiré. C'était l'idée de Junie de me faire apprendre l'immobilier au lieu de retourner à l'université comme Papa voulait en disant que l'université n'est pas bonne pour tout le monde. En disant que Quen pourrait devenir un excellent vendeur si seulement il se *déridait*.

Laissé un message au téléphone disant *La comptabilité est une bonne idée, Quen. Bien plus réaliste que les autres idées à Papa.*

Maman & Papa sont fiers de Junie & le sont depuis le lycée où elle était chef de classe & athlète vedette. Cinquième de sa classe au bac, en 1976. & une bourse de l'université du Michigan pour étudier l'éducation & l'administration publiques, à Ann Arbor l'université d'État chic & pas de second ou troisième ordre comme Lansing & Mont-Vernon. & a bien réussi en fac. & maintenant principale de collège & l'ambition d'aller ailleurs, participant à des « séminaires » etc. à Ann Arbor. Junie est « sociable » & a beaucoup d'amis, le genre avec qui on va marcher, ou skier. Lorsque Junie a acheté sa propre maison, au bord du lac dans une banlieue appelée Graafschap Maman s'est inquiétée *Junie ne se mariera jamais*. Junie est passée par des périodes où elle en voulait à mort à son petit frère Q... & ne me parlait plus & une fois (j'étais ivre ou dans un état pas 100 % lucide, habillé tout en cuir & une queue-de-cheval) a fait semblant de ne pas me voir en me croisant dans la rue. Mais depuis l'arrestation & les deux ans de mise à l'épreuve qui ont tellement bouleversé Papa & Maman, Junie a repris son rôle de GRANDE SŒUR. Comme si avoir un *délinquant sexuel* pour petit frère était un défi pour elle, & qu'elle n'était pas du genre à reculer devant les défis. Comme si j'étais un de ses élèves à problèmes ayant simplement besoin de l'aide d'un adulte. Comme si j'étais quelqu'un qu'on peut taquiner & asticoter avec un sourire en disant *Tu serais vraiment beau si tu arrêtais de ruminer comme ça, Quen. & tiens-toi droit pour l'amour du ciel. & tu ne pourrais pas changer ta façon de te coiffer, de t'habiller ?*

M'a invité à dîner chez elle, deux semaines avant Noël. Des amis à elle que j'avais déjà rencontrés je crois, mais peut-être pas : les amis professeurs de Junie sont tous pareils. & parlent pareil. & une nouvelle universitaire au collège de Junie appelée LUCILLE. Une autre grosse femme avec des seins comme des enjoliveurs & un visage rond souriant & beaucoup de « personnalité » comme Junie. Enseigne les cinquièmes. Serre la main comme un homme.

C'est un dîner assis à table. Grosse « paella » faite par Junie. & vin blanc. Je suis arrivé un peu en retard dans ma Dodge Ram ayant bu en route, & détendu par des Mandrax & ce bourdonnement doux dans la tête comme une tonalité téléphonique. Pour pouvoir décrocher, & que mon visage donne l'impression que j'écoute. Junie & « Lucille » & les autres très animés discutant de la politique dans l'État & à Washington, les projets de Clinton pour la santé & etc. & un type, gringalet mais parlant comme s'il était sûr de lui dit que la santé est le problème primordial de notre époque, & que nous ne sommes pas un pays civilisé pour l'instant, & quelqu'un d'autre dit que le crime est le problème primordial, les Américains sont terrifiés & donc susceptibles d'adhérer à une politique de droite paranoïaque & dangereuse. & de là à la réglementation des armes à feu, & à l'avortement. & ça va je bois du vin & je vois la cave & la citerne que j'ai remises dans leur état d'avant que les flics viennent me harceler. La table pliante de retour dans la citerne, & le prolongateur & les ampoules de 50 watts & les pansements, gaze etc. Pic à glace, instrument à nettoyer les dents, couteau etc. & attendant qu'un plan se forme. & excité de savoir qu'il se formera, comme un rêve. *Aucun spécimen sous ce toit. Interdit.* Sauf que mettons que ce soit le début des vacances, ou que l'un d'eux rentre chez lui pour de bon. En Inde, au Zaïre, aux Antilles. D'accord ? & il a fait ses bagages & vidé sa chambre etc. & Q... P... GARDIEN propose de le conduire à l'aéroport. Pas Kalamazoo mais Lansing, l'aéroport international. D'accord ? & c'est super, & sympa. & dans la maison ou à l'université, tout le monde le croit parti. Hors des États-Unis. & on ne pense plus à lui, c'est de l'histoire ancienne. & sur le chemin de l'aéroport Q... P... lui donne quelque chose à boire ou à manger & il s'endort & la camionnette est de nouveau prête pour un passager à l'arrière & c'est super. & quand il fait noir nous revenons au 118, North Church. & c'est la pleine nuit, & tout le monde dort. & Q... P... descend son ZOMBI dans la cave & la porte est fermée à clé derrière lui. & sur la table d'opération la première procédure cette fois n'est pas la *lobotomie transorbitale* mais le « sectionnement » des cordes vocales. Comme ça que le ZOMBI soit réussi ou pas il sera au moins silencieux & digne de confiance de ce côté-là. & je trouverai un dessin du larynx ou je ne sais quoi dans la bibliothèque de biologie. & avec un rasoir peut-être. Sans appuyer. *On les sent. Elles vibrent quand on parle.*

Junie & ses amis discutent de religion maintenant je crois. & l'un des hommes dit que la religion est une tyrannie, & une illusion. & responsable pour une grande part de la cruauté de l'humanité. & Lucille toute fâchée & excitée dit non ce n'est *pas* la religion, c'est le pouvoir, le pouvoir politique, & la religion est *spirituelle, & intérieure.* & Junie est d'accord & excitée aussi dit que le combat de notre espèce, c'est *l'extérieur & le politique contre l'intérieur & le spirituel.* & peut-être que le prochain millénaire verra le salut de l'*Homo sapiens.* & j'écoute & les regarde. Grande Sœur & Lucille. & cette idée me vient : si l'on coupait les seins d'une femme elle ne serait plus très différente d'un homme, & si l'on coupait le sexe d'un homme il ne serait plus très différent d'une femme. Les seins sont surtout de la graisse... pas d'os ? & Lucille voit que je la regarde & rougit un peu comme font les femmes. & me voyant tourner mon bracelet sans arrêt machinalement comme je fais elle demande ce que c'est... mon souvenir d'ÉCUREUIL constitué en partie des cheveux blond-châtain de sa petite natte & de mes cheveux à moi tressés ensemble avec des lanières de cuir & du fil rouge.

Alors je dis : « C'est indien. Chippewa. Ça vient de leur réserve. »

Lucille dit, en le touchant : « C'est *original*. Est-ce que ça a une signification symbolique ? C'est une tradition chippewa ? »

& je dis : « Sans doute. Je ne sais pas. »

& Junie met son grain de sel moqueuse & ironique, ma Grande Sœur qui pose une main sur la mienne elle aussi : « Quen est une sorte de hippie, vous savez ? Né trente ans trop tard. »

& Lucille souriante dit : « Il a les cheveux trop courts pour un hippie. »

& Junie dit : « Ça n'a pas toujours été le cas. »

57

Maman a téléphoné & laissé un message & le répondeur a déconné & presque tout effacé. Me demandait si je voulais venir réveillonner à Noël probablement.